小さい皆さん、こんにちは

わたなべ たけひこ

幻冬舎 MC

小さい皆さん、こんにちは

はじめに

小さい皆さん、こんにちは。

私は以前、『お母さんのための童話集（小さい皆さん、こんにちは）』を出版しました。本書はその続編で、『小さい皆さん、こんにちは』というタイトルにしました。

本書には、手を加えた前作の何編かが含まれていますが大部分は新しいものです。

ただ妖精チコちゃんのお話は、前作から全部入れています。何故なら、チコちゃんは前作の主人公の中で一番の人気者だったからです。

今NHKで、「チコちゃんに叱られる！」という番組を放送していますが、チコちゃんの話が含まれる前作の出版は同番組の初放送よりかなり前のことです。

私は本書を通して、小さい皆さんに多くのことを知ってもらい、沢山の情景を思い描いていただきたいと思います。

本書の中の、私の心に残る情景として、次のようなものがあります。

第3章　王様の時代のチコちゃんの物語

第2章　古い時代のお話I

目次

あざ笑われてもぐっと耐える若者ヒョウ、傷ついてもなおも立ち向かう犬のムム、月の明るい公園で、一人踊る女の子、石畳の中で歌ったり踊ったりしている沢山のこどもたち、白いドレスを着て緑のパラソルをさし、頭に金の冠をしたTちゃん、人間だった頃を懐かしんでするカニの運動会、大ふくろうに助け出され空を飛ぶ二人の子などなどです。

私は多くの情景の中からお話を作っています。ですから小さい皆さんには、お話の中から沢山の情景を感じとっていただきたいのです。そして出来たらそれを絵にして下さい。

私は本書の中のいくつかのお話を絵本にしたいと思っています。小さい皆さんの絵でそれが出来たら素晴らしいことです。

私が考える本書のキャラクターにこんなものがあります。小りすのピョンちゃん、黒毛の犬ムム、妖精チコちゃん、緑色の毛をした猫のノノ、大ふくろうなどです。よかったら小さい皆さんもぜひ考えてみて下さい。

これらのお話が心の中に残り、これから小さい皆さんが豊かで幸せな人生を送られますよう心から願っています。

第4章　古い時代のお話Ⅱ

第5章　不思議な物語

終章　あとがきにかえて

第1章
森の動物たち

雨の夜の森

小さい皆さん、こんにちは。
皆さんは雨の夜の森に行ったことはないでしょう。いえ、行ったことがないばかりか想像したこともないでしょう。皆さんが想像したこともない雨の夜の森。
でもそこにもこんな世界があるのですよ。

あまり大きくない木のほこらに山猫の親子がいます。五匹の子猫は外に出たいのに出られないので、上になったり下になったりして遊んでいます。ときに雷鳴の轟く雨の夜の森の中で、子猫はいつまでも上になったり下になったりして遊んでいます。

こんな夜に誰も外に出ていないと思ったら、カエルさんが出ていました。森の広場を占領しています。真ん中の少し高い所に王様と偉いカエルがいます。一段低い所にはオタマジャクシからカエルになったばかりの小さいカエルが一列に並んでいます。皆、敬愛と尊敬の眼差しで王様と偉いカエルを見上げています。やがて子ガエルは声を揃えて歌いだします。

そうです。今夜は子ガエルの歌の発表会だったのです。雨の降っている暗い夜の森に子ガエルの歌が響いています。

森の中に土がこんもりとした所があって、横穴に沢山のキノコさんが生えていました。普段は真っ暗なのですが、雨が降っているひときわ暗いときは、ぼぉっと明かりが灯ります。誰も来るものがいないので、安心して明かりを灯せるのです。やがてキノコさんは互いに帽子を取って、挨拶を交わしてから話を始めます。話題は限られています。面白い話以外してはならないのです。誰が一番面白い話をするかで序列が決まります。そこでの王様は、一番面白い話をしたキノコです。雨の降っている暗い森の横穴で夜通し笑い声が聞こえます。

こんな夜の森に、カエルさん以外誰も出ていないと思ったら、他にも出ているものがいました。それは森の近くでその年死んだこどもたちでした。こどもたちは死ぬとしばらくの間、近くの森にとどまって、雨の夜の森の中だけに姿を現すことが出来るのです。そして皆でボール蹴りをします。女の子はボールを持って走ることも出来ます。こどもたちは皆大声を出し、元気いっぱいに駆け回ります。こどもたちがいくら大声を出しても、人に声が聞こえることはありません。人に聞こえたとしても、それはヒュウヒュウ、ビュウビュウと鳴る風の音にしか聞こえないのです。

小さい皆さん、皆さんは雨の降っている暗い夜の森に行くことはありませんけれど、でもときどきは目をつぶって想像してあげて下さい。

若者ヒョウの歓迎会

小さい皆さん、こんにちは。
今日は、若者ヒョウの歓迎会のお話をします。

生まれ故郷をあとにして、見知らぬ土地で苦労した若者ヒョウに、故郷で待っていたものは何だったのでしょう。

ある森に、一匹の雄の子ヒョウが生まれました。黒い毛の、みるからに可愛らしい子ヒョウでした。子ヒョウは生まれて何か月かすると、森を離れて、見知らぬ土地で生きていかねばなりませんでした。子ヒョウの父親が、この森の動物たちを取り仕切る王様の役割を果たしていたので、父親の跡を継いで、立派なリーダーになるためには、そうしなければならない、という親の意向があったのです。

子ヒョウの旅立ちの日、森の動物たちは皆で子ヒョウを見送りました。

「たくましくなって、帰っておいで」

皆は言いました。子ヒョウは心細さに、足元もふらつく思いでしたが、それでも真っ直ぐ顔を上に向けて、歩いて行きました。

それからの子ヒョウの苦労はとうてい言葉で言いつくせないものでしたが、何年もたつとすっかりたくましくなって、親譲りの黒い体をピカピカに光らせて、いかにも強そうな堂々たる若者ヒョウになっていました。

親から言われていた帰りの日時も近づいてきていましたので、その若者ヒョウは帰ることにしました。胸をはずませ、目を輝かせて、若者ヒョウは親の待つ森へ向かいました。

でも、森の入り口に帰りつくと、喜んで皆が出迎えてくれるものと思ったのに、迎えてくれるものは誰もなく、寂しい帰郷になりました。

森の中央の広場に来ると、動物たちは集まっていて、帰ってきた若者ヒョウに冷たい目を向けていました。

そのとき若者ヒョウは何もかも分かりました。自分がいない間に、森を統率していた自分の親が、王様の役割を、自分の片腕としていた虎に取って代わられていたのです。そして今はずっと下の地位に追い落とされているようでした。

若者ヒョウは動物たちをざっと見回して自分の親を探しましたが、自分の息子がここに帰ってくる、この日の集まりにも参加することを許されていないようでした。

若者ヒョウはそれを知ると、体中の若い血が煮えたぎってカァッとする思いでした。今は森の王様格になった虎は、帰ってきた若者ヒョウに向かって言いました。

「お前がどれほどのものになったか、試してやろう」

それで自分の一番上の息子の虎を若者ヒョウに立ち向かわせました。若者ヒョウが激しい闘志で息子の虎を睨みつけると、虎は体がすくんで動くことが出来ませんでした。親虎は怒って、三頭の自分の息子たちに揃って打ちかかるように言いました。三頭の虎は恐ろしい唸り声をあげ、猛然と若者ヒョウに飛び掛かりました。でも、若者ヒョウはひるみませんでした。ここでは、もう一歩も引けないという気迫が、三頭の虎を圧倒したのです。

ついに親虎は怒り狂って言いました。

「不甲斐ない息子たちだ。もうお前たちには頼まない」

それから周りの動物たちを見回して、

「皆で、皆で、こいつをやっつけるんだ」

と言いました。それを聞くと、取り囲んでことの成り行きを見守っていた動物たちは、一斉に若者ヒョウに飛び掛かりました。ウサギや猿や鹿が飛び掛かりました。皆、昔、若者ヒョウと一緒に遊んだことのある、どちらかと言うと、弱い仲間たちでした。

若者ヒョウはそんなたいして強くない昔の仲間に飛び掛かられて、悲しくて、悲しくてなりませんでした。とても力にまかせて払いのけたり、噛みついたり、引っかいたり出来ませんでした。

とうとう若者ヒョウは逃げ出すことにしました。これらの動物たちを追い払っても、何の名誉なことがあるでしょう。残念ではありましたけれど、逃げだしたのです。

王様格の虎はそれを見て笑い出しました。皆も笑い出しました。何ともいえない声が森の中に満ちました。若者ヒョウは激しい屈辱に、気が狂いそうでした。

でもそのとき、頭の上に沢山の小鳥が飛んで来ると言いました。

「怒らないで、怒らないで、あなたの親があなたを待っている」

それで若者ヒョウが振り向いてみると、先ほどまで虎の立っていた所に親ヒョウが黒光りする体を一層大きく見せて立っていました。優しい温かい目で迎えているのが分かりました。周りの動物たちの目も、先ほどまでと違って、優しい、温かい目になっていました。若者ヒョウはゆっくり、ゆっくり、親ヒョウの所へ行きました。

親ヒョウは言いました。

「おかえり。優しい心で、すっかりたくましくなって帰って来てくれて、私は嬉しい。先ほど虎の若者と戦ってもらったのは、あの程度の者にたじろぐぐらいなら、とうてい私のあとを継がせられないと思ったからだ。それから弱い優しい動物たちに襲われたとき、怒りにまかせて追い払うようなことをしていたら、やはり私のあとを継がせられないと思っていた。でもお前はどちらも見事に私の期待にこたえてくれた。お前は立派に私のあとを継いでいけるだろう」

若者ヒョウはそれを聞くと、ヘナヘナとそこに倒れ込みそうでしたけれど、足を踏ん張って立っていました。

さぁ、それからが大変。森の動物たちが集まっての、森の大歓迎会です。夜遅くまで、歓迎の宴が持たれたのです。リスさんもウサギさんもいました。熊さんも象さんもやって来ましたよ。

宴もたけなわの頃、若者ヒョウは、そっと立ち上がると皆を見て回りました。誰もがニコニコ、ニコニコ、していました。若者ヒョウは、皆のその楽しそうな表情を見るにつけ、これから待ち構えるであろう、さまざまな試練に思いをやって、一人身を引き締めるのでした。

森の学校

小さい皆さん、こんにちは。

今日は、森の学校のお話をします。

毎年夏になると、森の学校が開かれます。まだ小さくてヨチヨチ歩きの森の動物たちが集まって来ます。色々な動物のこどもがいます。

その学校の校長先生はふくろうさんです。ふくろうさんは大勢の動物のこどもたちを前にしてお話を始めます。

「さて、ヨチヨチ歩きの小さな皆さん、森の学校へようこそ。皆さんはちっちゃくて、触れると壊れてしまいそうです。でも小さければ小さいほど大きくなれる可能性があります。今の皆さんにとって一番の幸せは、まだ未来が何一つ決まっていないということです。あなた方のこれからの努力によって、いかようにも未来を切り開いていくことが出来るのです。あなたがたの多くが憧れている鳥さんにも、多くのものがなることが出来るし、あなたがたの多くが嫌っているもぐらさんにも、多くのものがならなくて済むのです。あなたがたの親が何であるかは関係なく、何もかもこれからのあなた方の努力次第と言っていいでしょう。今現実に森の中には色々な動物たちがいます。でもそれは、そのものの小さなときからの努力の結果であって、初めからそう決まっていたわけではないのです。ですから小さな皆さん、あなたの未来を信じて努力を惜しまないで下さい。私の話は以上です」

　それを聞いていたかばさんのこどもが言いました。

「私も大きくなったら空を飛ぶことが出来ますか」

　ふくろうさんは言いました。

「出来ますとも、出来ますとも。あなただって努力次第で立派に鳥として空を飛ぶことが出来ます」

　やがてふくろうさんの話を聞いたこどもたちは、それぞれの家へ帰って行きます。

そして目を輝かせて、なりたいものを夢見ます。

そうしたこどもを見て親は、自分も小さいときそのように聞かされて、ちょっぴり幸せになったことを思い出し、微笑むのです。

小リスのぴょんちゃん

小さい皆さん、こんにちは。

今日は、小リスのぴょんちゃんのお話をします。


ある森に小リスが生まれました。小リスのぴょんちゃんです。ぴょんちゃんは男の子で、生まれたときからとても元気でした。初めはお母さんのそばにつきっきりでしたが、しばらくすると動き回ってもう大変。そして降りてはいけないと言われている地面に行きたくてたまりません。でもそれはお母さんがどうしても許してくれませんでした。

しばらくしてやっとぴょんちゃんは地面に降りることが出来ました。地面は柔らかい感触でなんて嬉しいのでしょう。ピョン、ピョン、ピョンと、ぴょんちゃんは飛び跳ねます。

地面は木の枝と違って、飛び跳ねたぐらいではゆらゆら揺れません。地面はなんて頼もしいのだろうとぴょんちゃんは心から思ったものです。

ぴょんちゃんがそれからまた少し大きくなると、いよいよ森の小リス学級に入学です。

ぴょんちゃんが行ってみると、いました、いました。こんなにも森の中に仲間がいるのかと思うぐらい小リスが集まっていました。

「おはよう」と声をかけて、ぴょんちゃんは何匹かの小リスとすぐお友達になりました。

学校では生きていくために必要なことを学びます。大きく分けると、食べ物をどうやって取るかということと、敵からどうやって逃れられるかということの二つです。この二つをしっかり頭に入れておかなければ、森では一日たりとも生きていけません。何週間も勉強して、ぴょんちゃんたちは少しずつ賢くなっていきました。

一通りそれらのことが頭に入ったところで、いよいよ森の実習です。

初めの一週間は食料集めでした。どんな食べ物が森のどこにあるのか皆で一緒に行って確かめました。そのとき薬になる草も、毒になるキノコも確かめました。皆、木の実を沢山食べてお腹がパンパンになりました。

次の一週間は敵からどうしたら逃れられるかです。でもこれは危険なことなので、皆は森の高い木の梢に並んで見学することにしました。一週間そこに並んで見学していたら、いろいろなことが目に入ってきました。皆は涙を流しながら、最後まで見学しました。

森の実習が終わるといよいよ卒業旅行です。皆は楽しくて心をワクワクさせていますが先生や親は大変です。行き帰りの道に安全な隠れ家を用意したり、そこに食べ物を置いたりしなければなりません。それから危険を知らせてくれる小鳥さんにも連絡しなければなりませんし、いざというときのために熊おじさんにも話をつけておかねばなりません。

では出発です。お天気の良い朝、皆は森の動物たちに気づかれないようにそっと出ました。皆は楽しくてたまりません。生まれてきた幸せをかみしめないわけにはいきません。目的地に着くとお花が沢山咲いていました。蝶々もいっぱい舞っています。そこで皆は思いきり遊びました。

思いきり遊んだ後は、いよいよお昼のお弁当です。お弁当は初め先生のところに全部集められました。そして先生から配られます。自分の持ってきたお弁当を自分が食べるわけではありません。自分のお弁当を食べているのは誰かな。それからこのおいしいお弁当を持ってきたのは誰なのだろう。そう考えながら食べるのです。

お弁当が終わるとお昼寝です。風がそよそよ吹いてなんて気持ちよいのでしょう。そしてお昼寝から覚めると皆は次の目的地に向かって出発です。

でも次の目的地に向かって歩いていたら、晴れわたっていた空に雲がかかり、雨がポツリポツリと降ってきました。皆は草むらに駆け込んで雨宿りです。雨は小一時間ほど降り続けて止みました。

雨宿りしてしまったので、次の目的地に行くかどうか先生たちが相談していたら、小鳥さんが息を切らしてやって来て危険を知らせてくれました。帰り道に何匹かのキツネが待ち伏せしているというのです。

さぁ、大変。先生たちの顔に緊張が走りました。どうしたらよいのでしょう。先生たちは熊おじさんに至急知らせてここに来てくれるように小鳥さんに頼みました。小鳥さんはアタフタと飛んで行きましたが、そんなに簡単に熊おじさんが見つかるのでしょうか。

熊おじさんは小鳥さんが飛び立ってからしばらくして来てくれました。あらかじめ今日の遠足のことを聞かされていたので、家の近くにいてくれたのです。もう大丈夫です。皆は熊おじさんの肩や背中に乗って大喜び。皆は熊おじさんがこんなにも頼もしく思えたことはありません。

帰り道、キツネがひそんでいる道端を熊おじさんと一緒に通るとき、キツネの息づかいが聞こえるようで、皆はちょっぴり恐ろしい思いをしました。でも熊おじさんと一緒なのでキツネも手が出せません。

もうここまで来れば大丈夫だろうというところまで来て、皆は熊おじさんの背中から降りたり離れたりしました。「ありがとう、熊おじさん」と皆は手を振って熊おじさんと別れを惜しみます。熊おじさんも手を振って答えてくれました。

それから皆は、ヨーイ、ドン!でお家に向かって走りました。怖かったけど皆が無事に帰って来られた卒業旅行でした。

その夜ぴょんちゃんは、自分の寝床の中で、今日の楽しい遠足の夢を見ました。花の咲く野原で大きな蝶に乗り、ぴょんちゃんは空を飛んでいました。

森の卒業式

小さい皆さん、こんにちは。

今日は、森の卒業式のお話をします。

毎年夏の初めに開かれる森の学校は、夏の終わりに卒業式を迎えます。まだ小さくてヨチヨチ歩きだった森の動物たちも、すっかり日に焼けてたくましくなっています。

森の学校の校長先生のふくろうさんは、集まってきたこどもたちに最後のお話をします。

「ここへやって来たときは小さかった皆さんも、今ではすっかり大きくなりました。もう大丈夫です。明日からは立派に自分一人で生きていくことが出来るでしょう。ところで皆さんは、一番初めに森の学校に来たとき私が話したことを覚えていますか。皆さんが努力すれば、大人になったときになんにでもなっていられるというお話です。皆さんはそれを聞いてちょっぴり幸せになったでしょう。でも本当のことを言うと、それは真実ではありません。カメの子はカメになり、モグラの子はモグラになります。

ではなんで私がそのようなことを言ったかといえば、それは初めから今のようになっていたわけではないからです。初めは、私が以前に話した通りだったのです。ところが鳥やライオンなど努力して人気者になった動物の親たちが、自分のこどもにもそうさせたくて、身体をいじくって今のようにしてしまったのです。そしてあろうことか他の動物たちの身体もいじってしまったのです。本当に身体を今のように作ってしまうと、後のこどもたちは努力のいかんにかかわらず、親のあとを継ぐことになります。これはでも、すごく不公平なことなのです。ですから皆さんは、今すぐにというわけにはいかないかもしれないけれど、その身体を元に戻さなければなりません。同じ動物に生まれて、努力のいかんにかかわらず、親と同じになるなんて断じて認めてはなりません。では皆さんの健康と楽しい生活を祈ります」

こどもたちはそれを聞いて、ちょっとだけ憤慨した心を持って家に帰って行きます。

小鳥のピーコと若虎の王様

小さい皆さん、こんにちは。

今日は、小鳥のピーコと若虎の王様のお話をします。

ある森に虎の赤ちゃんが生まれました。まだ人の手のひらにのるぐらいの大きさで、ころころして大変にかわいい赤ちゃんでした。小鳥のピーコは、赤ちゃんの親と親しかったので、子虎ともすぐ仲良くなりました。

生まれたての赤ちゃんのときは、それはそれは面倒みがよく、お姉さんのようにピーコはその子虎の世話をしました。子虎が大カラスに食べられそうになったとき、親虎に知らせて救ってやったのもピーコだったのですよ。でもしばらくすると子虎はすっかり大きくなって、ピーコはお姉さんのつもりだったのに、いつの間にか妹になっていました。いつしかピーコは子虎のことを「お兄ちゃん」と呼ぶようになっていました。子虎はピーコのことを「ピーコ」と呼んでいました。

一年二年と過ぎていくと、子虎はすっかりたくましくなって、三年目になると、森の動物を取り仕切る森の王様になっていました。でも、王様って大変なのですよね。いつも威張りくさって、おいしい物を食べていられるなんて大間違い。朝早くから夜遅くまで森のもめごとのために飛び回って、息つくひまもありません。でもそんなときどれほどピーコが役立ったか分かりません。なんといってもピーコは大変な森の情報屋だったのですから。

若虎が王様になってから何年も何年も過ぎていきました。あるとき今までになかったような大飢饉がその地方を襲い、その森も例外ではありませんでした。その飢饉は食べ物が一度に三分の一に減ってしまうほどの飢饉でした。

そうした事態に若虎の王様は、森の動物の半分が森を出て行かねばならないと思いました。そして、誰が出て行くのかを決めるために競技会を開くことにしました。そしてそこでの取り決めは、「競技をして勝ったものは負けたものより力が上なのだから森を出て行く。負けたものは勝ったものより力が下なのだから森に残る」ということでした。そうしたことにより出来るだけ多くのものが生き残れるようにしたのです。

いよいよ競技の日が来ました。森のすべての動物が集まって、一生懸命に競技をしましたよ。それこそ皆死に物狂いでした。森を出て行きたくて、そうしたのではありません。ズルをしたと思われるのが嫌で、死に物狂いで競技をしたのです。やがて夕方になると、勝ち組と負け組がはっきりしました。

夜になると森の送別会が開かれました。森を出て行くものが森の原っぱの真ん中にひとかたまりになり、今宵かぎりの会食をしました。その周りを残る動物たちが、取り囲んでいました。残るものたちは、今宵の夕食を食べずに、出て行くものたちにお腹いっぱい食べてもらっているのでした。

次の日朝早く、勝ち組のものたちは森を出て行きました。若虎の王様も例外ではありませんでした。王様は競技をする前から出て行くことを決めていたのです。ピーコは残りました。小鳥は食べる量が少ないので、初めから競技の対象にはなっていなかったのです。若虎の王様が森を去って行くとき、ピーコはいつまでもいつまでも見送りました。でも王様は一度も振り返りませんでした。

森を出て行ったものの、それからの生活は、それはもうさまざまでした。でも大方のものは新しい世界で、なんとか自分が食べていけるだけの食料を得ることが出来ました。なんといっても元気なものたちだったのですから。でも運が悪くて、ひもじい思いをして遂には死んでいかねばならないものもありました。でもそういうものたちであっても、決して自分が生まれ育った森に戻ろうと考えるものはありませんでした。仮に戻ってもヨソモノということで受け入れてはもらえないのですから。森のあの夜の送別会にはそういう意味があったのです。

それから何年も過ぎていきました。飢饉は中々収まりそうもありませんでした。かつて森の王様だった虎は、この間世界を旅して色々な経験をしました。この虎にとって飢饉はなんの関係もないことでした。今までやっていた王様の仕事の半分の仕事で、自分が食べていけるだけの食料を得ることが出来たのですから。でも異国での一人暮らしが、かつての若虎をすっかり老け込ませていました。いよいよ最期が近いことを知った虎は以前の自分の森に帰ることにしました。でも帰るといっても、その森で昔の仲間と一緒に生活をしようと思ったわけではないのです。その森で死んでいこうと思ったのです。

ある日のこと、虎は以前、自分が王様だった森に、足はよろめいていましたが、胸を張って頭を上げて帰って行きました。何年ぶりかの森はなんと懐かしく感じられたことでしょう。沢山の昔の仲間が顔を出しました。でも昔そこでの王様であっても、送別会で送り出された以上、もうヨソモノなのです。ヨソモノがこの森の中に入り込んで、一本の草、一匹の虫にでも手をつけたら、容赦ない攻撃が加えられ

るでしょう。でもこの虎が、ここで生活をしようと思って来たのではなく、ここで死ぬために来たのだということはなんとなく皆に分かりました。ですから森の動物たちは遠くから眺めてはいましたけれど、特別に警戒はしていませんでした。

ピーコは懐かしい虎が帰って来て、どんなに喜んだことでしょう。「お兄ちゃん」と言って飛んで行きました。でも帰って来た虎は、知らんふりをしていました。もちろん心では嬉しかったのですよ。でも森のものが、ヨソモノと親しくするのはいけないことなのです。ピーコが後で森の誰彼から文句を言われないように知らんふりをしていたのです。ですから虎が自分が生まれ育った茂みに来て、誰も見ていないのを確かめると、目を細めてピーコに言いましたよ。

「ピーコか。懐かしいな」

それからピーコはずっと虎に付き添っていました。何も食べないのですから、身体は弱るばかりでした。ピーコが出来ることはせめて水を汲んできてあげることぐらいでした。でもそれもほんのわずかな量でした。

森に帰って来て五日目にその虎は死んでいきました。ピーコが森の茂みの中で、虎が生きているように、いつも話しかけていたので、森の誰もがずいぶん長い時間がたった後でも、虎が死んだことを知りませんでした。

雨上がりの朝の森

小さい皆さん、こんにちは。

私は今日、雨の夜の森の続きとして、雨上がりの朝の森について書いてみたいと思います。

昨夜出たいのに出られなくて、一晩中ほこらの中で遊んでいた山猫の五匹のこどもは、今朝は外へ出て元気に駆けだしています。よく見ると五匹の子猫は、皆色が違います。赤、黄、緑、青、紫です。そんな五匹の子猫を森の大カラスは、すきあらば、と狙っています。

昨夜遅くまでカエルさんが歌っていた森の広場では、何匹かの若いカエルが口から血を出して死んでいました。発表会のあと上手に歌えないカエルだけ特訓させられて、そこでも上手に歌えないと、死ぬまで練習させられるのです。上手に歌えないということは生きていても仕方のないことなのです。

昨夜明かりをともしてキノコさんが笑い転げていた森の横穴では、うす明るい中キノコさんが死んだように眠っています。一体昨夜はどんなお話をしたキノコさんが王様に選ばれたのでしょう。頭に金色の帽子をかぶったキノコさんがきっと王様に選ばれたのでしょう。

それから朝の光の中で、夜中駆け回っていたこどもたちの何人かの姿がありました。今朝この森を去って行かねばならない何人かのこどもたちです。皆住んでいた家の方に向かい手を振っています。家の人はそんなことは知りませんが、それでもなんとなく死んでいったこどもたちのことを思い出しているのです。

小さい皆さん。皆さんはたまには雨上がりの朝の森に行くことがあると思います。その時はまず、あなたの以前のお友達を探してみて下さい。幸運にも、もし会えたら、そのときは優しく見送ってあげて下さい。友達はとてもよろこんでくれて、これから生きていく上での素晴らしいプレゼントを用意してくれるでしょう。

それからもし死んだカエルさんを見つけたら、死ぬまで頑張った努力に敬意を表しても、そのままにしておくことです。その死んだカエルさんは、朝早く見つけたカラスさんのものなのですから。

神の思惑を超えた動物たちの小話

粉塵にまみれて
地べたにのたうって生きるうじ虫が
春の日に美しく飛ぶ蝶を見て
深いため息をついている
でもその蝶がそのうじ虫を
一顧だにしなかったとしても
誰がその蝶を責められよう
そのようには造られていないのだ
でも心の優しい蝶がいて
そのうじ虫の心の内を知って
そっとうじ虫の傍らに羽根を休めてあげたとしたら
それはどんなに素晴らしいことだろう

今日も神の思惑を超えた動物たちの生きざまが続く

小さい皆さん、こんにちは。

今日は森の動物たちのお話をします。森を歩いているとき頭の上で、ピイチク小鳥がお喋りしてくれたのです。


ウサギがあるときブドウを食べていると、キツネがやって来て言いました。

「ウサギさん、私は近くにそれよりもっと美味しいブドウが沢山あるのを知っています。それでブドウを少し分けてくれたら、そこを教えてあげましょう」

それを聞くとウサギは言いました。

「もしその話が本当なら、どうしてそこに行ってあなたがブドウを食べないのでしょう。でもあなたがそれをしないところをみると、きっと嘘に違いありません。嘘をつくものに一粒だってこのブドウをあげるものですか」

それでキツネは行ってしまいましたが、しばらくたつとまたやって来ました。そしてしょんぼりうなだれて言いました。

「ウサギさん、あなたが言ったように、さっき言ったことは嘘でした。どうか許して下さい。実は私のお乳が出なくて、坊やが泣いているのです。そのブドウを少しわけてくれませんか？」

それでウサギは言いました。

「キツネさん、あなたのさっきの嘘は、可愛い坊やのためだったのですね。母親が子のためにつく嘘を誰が咎め立て出来るでしょう。でも初めから本当のことを言ってくれたら、お互いに嫌な思いをしなくても済んだのに」

そして食べていたブドウの全部をキツネにやりました。

一匹の小リスがいつも空を見上げては「空を飛べたらなぁー」と思っていました。親リスに相談しても、「つばさがないのですから、飛べるわけがありません」と言うばかりでした。あるとき小リスが遊んでいると、一匹の山鳥のひながベソをかきながら歩いていました。「どうしたの？」と聞くと「道に迷って、自分の家が分からなくなったの」と言いました。それで小リスはそのひなを家に連れていってやりました。そうしたら、あぁ、その親鳥の喜んだこと！　そして小リスにこう言ってくれました。

「私の背中にお乗りなさい。私のつばさで空を飛ばせてあげましょう」

それで小リスは自分につばさがなくても、優しい心があったので、空を飛ぶことが出来ました。

リスさんとウサギさんと小ブタさんが、野原で遊んでいました。そこにどぶネズミさんがやって来て、「私も仲間に入れて下さいな」と言いました。リスさんとウサギさんは「いいですよ。一緒に遊びましょう」と言いましたが、小ブタさんは頭を横に振って言いました。

「あなたが仲間に入るなんて真っ平ですよ。何故って、きたならしくて、くさいんですもの」

それを聞くとリスさんとウサギさんは、どぶネズミさんを連れて向こうへ行ってしまいました。きたならしくて、くさいものとでも仲良く遊べるけれど、思いやりのないものとでは仲良く遊べないということをリスさんもウサギさんも知っていたからです。

猫とカエルが森の広場まで駆け比べをしました。そして猫が勝ちました。広場には森の動物たちが集まっていましたので、猫は皆の前で鼻高々でした。そのとき白いひげをはやした森の哲学者のヤギが言いました。

「猫さんが、本当にカエルさんに勝ったと言えるためには、今度は池の中でカエルさんに勝たなければいけないよ」

それを聞くと猫は小さくなって、コソコソとどこかへ行ってしまいました。誰かが「自分の得手と相手の不得手を競争して、それで勝ってもちっとも自慢にならない」と言いました。皆も「そうだ、そうだ」と言いました。そして自分の不得手でも競争出来るカエルさんは偉い、ということになりました。皆さんも自分の得意なことを、人の不得意なことと比べて、自慢なんてしていないでしょうね。


池の中で金魚は大得意でした。自分より美しいものはいないと思っていましたし、どの魚も自分によく思われようとしていると思っていましたから。その証拠に小さな魚を食べてしまう大きな魚だって、その金魚を決して食べようとしないのです。あるときすぐ側に大きな魚がやって来たとき、金魚はたまらなくなって言いました。

「あなたが私によく思われたいと思っていることは、私を食べないことで分かっていますよ。そんなに私は綺麗ですか?」

するとその大きな魚は言いました。

「私があなたを食べないのは、あなたを食べてもちっとも美味しくないからです。

表面ばかり飾りたてているものは、中身に少しも味わいがないのです。骨ばかりゴツゴツして、食べるときまって吐き気を催すのです。それに比べると、土の中のあのドジョウは形こそみにくいが、口の中でやんわり溶けて、それはそれは美味しいのです。私があなたを食べないのはそんなわけですから、私があなたによく思われたいからだなんてとんでもないことです」

でも金魚はそれを本気にしませんでした。心の中で「好きなものに好きと言えないので、そのもどかしさが意地の悪い言葉になって出るんだわ」と思っていました。

蝶が蜘蛛の巣に引っかかってしまいました。いよいよ食べられそうになったとき、蝶は蜘蛛に向かって言いました。

「蜘蛛さん、私にはどうしても今日行かなくてはならない、花のお家があるのです。それでどうか今日一日私を自由にして下さい。その代わりきっと明日やって来て、あなたの思いどおりになりますから」

それで蜘蛛はその蝶を放してやりました。さて次の日になって蝶は、蜘蛛の所に行く前に、わけを話して仲間の所へサヨナラを言って回りました。仲間は皆、行くのをやめろ、やめろ、と言いましたが、その度にその蝶は言いました。

「私が捕らえられたとき、私には今日一日、自由に生きていたいという願いだけしかありませんでした。そしてそれが許されたとき、蜘蛛が神様のように見えましたよ」

それから蝶は蜘蛛の所へ飛んで行きました。そして「さぁ、私をいいようにして下さい」と言うと、蜘蛛の巣に引っかかって、じっとしていました。

蜘蛛は言いました。

「私と約束して、それを守ってくれたからには、今日からあなたは私の親しい友達です。どうして親しい友達を食べることが出来ましょう」

それからその蝶と蜘蛛とは、親しい友達として暮らしました。

ふくろうのひとりごと

小さい皆さん、こんにちは。

今日は、ふくろうのひとりごとのお話をします。

森に二匹のモグラが住んでいました。あるとき二匹のモグラは森を東と西の半分

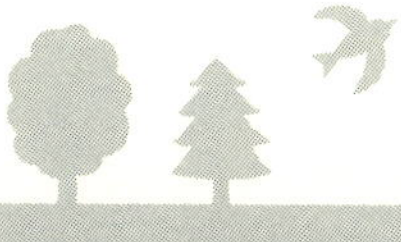

に分けて、一年後にどちらの森の方が賢くて立派な動物を育てられるか競争することにしました。

それで二匹のモグラのうち赤い鼻のモグラの方は、東の森に行ってはそこに住む動物のこどもたちの間を回ってこう言いましたよ。

「君はなんて素晴らしいんだ。ひょっとすると天才かもしれない。自信を持って何事にも挑戦したら怖いものなしだよ」

それからもう一方の黒い鼻のモグラの方は、西の森に行ってはそこに住む動物のこどもたちの間を回ってはこう言いましたよ。

「君はなんてドジなのだ。こんなことなら落ちこぼれだよ。人間の世界なら単なる落ちこぼれで済むけど、ここじゃ三日と命は持たないよ」

さてそういう話を毎日毎日聞かされて一年たったとき、どちらのこどもたちの方が立派になったかというと、どちらも思ったほどでなく、二匹は顔を見あわせるばかりでした。

それでその辺のところを森の大フクロウに聞くことにしました。大フクロウは大変な見識家で、ホウホウと鳴く合間にブツブツ貴重な意見を吐いているのでした。

二匹のモグラは大フクロウに見つからないようにソッと行くとジッと耳を澄ませて

いました。するとある夜やっと大フクロウがその辺のところを喋ってくれましたよ。

大フクロウはこんな風に言っていました。

「まったくあの二匹のすることといったら、ホウホウ。ほめてばかりでもだめ、叱ってばかりでもだめなら、ホウホウ。かわりばんこにすればいいのに。ホウホウ」

それ以来二匹は一か月ごとに地域を交換して、まずまずの成果をあげたそうですよ。

第2章
古い時代のお話 I

道端の小石とひな菊

小さい皆さん、こんにちは。

今日は、道端の小石とひな菊のお話をします。


道端に一本のひな菊が咲いていました。まだ咲いたばかりの、若い、若いひな菊でした。そのひな菊は、自分の側でいつも笑いかけてくれている小石に向かって、あるとき言いました。

「あなたの仲間の小石さんたちは、私を見てもすぐ目をそらしてしまうのに、どうしてあなただけは私にニコニコ笑いかけてくれるのですか」

それを聞くと小石は言いました。

「私は以前、高い山の頂上で、すべての人に見上げられ、雲や風さんからも尊敬されて生きていました。ですから今はこんな身の上だけど、美しい物を美しいと、尊い物を尊いと思って生きていくことが出来ます。でもここにいる私の仲間のほとんどは、ずっとここにいて、埋もれたままのものたちなのです。それこそ一度だってほめられたこともなければ、注目されたことだってないのです。そういうものたちは美しい物を見ても、尊いものを見ても、つい目をそらしてしまうのです。そうしたことが、ますます自分を埋もれさせてしまうのに気づかないで」

それを聞くとひな菊は言いました。

「分かりました。私はこれから少しでもあなたの仲間に話しかけて、それぞれが持っている良いところをほめるようにしましょう。歯が浮くようなお世辞にならないように」

それからひな菊は、来る日も来る日も周りの小石に向かい、その小石の持っている良いところを見つけては声をかけてやりましたよ。でも固く閉ざした小石たちの心は容易に開きはしませんでした。やがて冬を迎える頃になって、そのひな菊は枯れていきました。「さようなら」と皆に言って枯れていきました。そのときになっても小石たちは心を開いてはくれませんでしたが、ずいぶんたった後で、以前自分に優しい言葉をかけてくれたひな菊のことを、皆は懐かしく思い出すのでした。

女神様の贈り物

小さい皆さん、こんにちは。

今日は、女神様の贈り物のお話をします。

昔ある所に一人の女の子が住んでいました。小さいときに両親が死んでしまって、年老いたおばあちゃんと二人で暮らしていました。

あるとき、おばあちゃんが病気で死にそうになりました。それで女の子は女神様に「おばあちゃんがきっと良くなりますように」と深い祈りを捧げるのでした。

女の子の祈りが届いて、夜、女神様は女の子の前に立たれました。女神様は言いました。

「あなたの祈りは分かりました。でも人間には寿命というものがあるので、あなたの祈りを聞き届けることは出来ません。でもどうしてもと言うなら、方法がないわけでもありません。でもその分あなたの命が縮まるのですよ」

それを聞くと女の子は言いました。

「私の命でつぎ足しが出来るなら、ぜひそうして下さい。おばあちゃんがいなくなったら、私も死んでしまってもよいぐらいなのですから」

「それでどのぐらい？」

少し考えて女の子は言いました。

「私の命の長さを二つに割った、その分」

「おやおや、そんなことをしたら、あなたは随分早く死んでしまいますよ。それでもいいのですか？」

「かまいません。おばあちゃんのためなら」

女神様はそれを聞くと優しくうなずいて、静かに消えていきました。そんなことがあってしばらくすると、おばあちゃんの病気も治って、以前と同じような楽しい二人の生活が始まるのでした。

やがて女の子はスクスクと成長していきました。大病したおばあちゃんもその後は元気で、何の心配もありませんでした。

女の子は十六のときに恋をして、十八のときに結婚をしました。男性は街の設計士で働き者の優しい人でした。

やがて次々にこどもが生まれて、優しい夫と、賑やかなこどもたちに囲まれた生活は、それはそれは楽しいものでした。その平和な喜びの日々を脅かす何ものも考えられませんでした。しばらく夢のような年月がたっていきました。

やがて悲しみの影が少しずつ近づいてきました。おばあちゃんがすっかり年をとって、もうそろそろという頃になったのです。周りを見回しても、そのおばあちゃんの年を超える者は誰もいませんでした。

すっかり床について、もう明日死んでもおかしくないというときになって、女の子は優しい夫と、こどもたちに、何もかも打ち明けるのでした。皆はどんなに驚き、悲しんだことでしょう。でも、どうすることも出来ませんでした。思い余ってこどもたちのうちの誰かが言いました。

「もう一度、女神様にお願いしてみたら?」

それを聞くと女の子は言いました。

「そんなことは出来ません。女神様はあのとき私の心からのお祈りを聞き届けて下さったのです。それだけで充分なのに、私の命の短さを哀れんで、優しい夫と、元気なこどもたちをプレゼントして下さったのです。その上そんなあつかましいお願いをどうして出来るでしょう」

あとはもう誰も何も言う者はありませんでした。

おばあちゃんはそれから何日かの後に死んでいきました。女の子はおばあちゃんの手を握ったまま、ベッドの脇で息絶えていました。でもその顔は笑っていましたし、自分の今までの生活を心から喜んでいるようでした。

こどもたちは優しかったお母さん、美しかったお母さんの顔を心に焼き付けようとするかのように、いつまでも、いつまでも、その顔を眺め続けるのでした。

少年の犬、ムムの物語

小さい皆さん、こんにちは。

今日は、少年の犬、ムムのお話をします。王様の時代に少年が飼っていた犬は、どんな犬だったのでしょう。

王様の時代に、ある所に一人の少年が住んでいました。ある日のこと、その少年が道を歩いていると、一人の老人が道端に倒れてひどく苦しんでいました。少年は飛んで行って言いました。

「おじいさん、どうしたのですか。僕に出来ることなら何でも言って下さい」

その老人は少年の言葉を聞くと、首を横に振って言いました。

「坊ちゃん、私はもうすぐ死にます。ですから、もう、してもらいたいことは何もありません。でも、坊ちゃんが私に親切な言葉をかけてくれたお礼に、良いものをあげましょう」

そして懐から一匹の子犬を取り出して、少年に渡しました。老人は言いました。

「この子犬のムムは、きっといつか坊ちゃんが困ったときに、坊ちゃんを助けてくれるでしょう。でも、どんなときでも、ちょっとでも、このムムが坊ちゃんの仲の良い賢い友達であることを疑ってはいけません。少しでも疑ったら、そのときから坊ちゃんのもとを離れてしまいますから」

それから老人は目を閉じておだやかな顔になりました。そしてしばらくして死んでいきました。

その日からムムは、少年の仲の良い友達になりました。しかし少年の家はとても貧しかったので、家の者が食べて残りは少しもありませんでした。それで少年は、自分の食べ物をムムに分けてやりました。

ムムはやがて大きくなりました。毛は真っ黒で、いつも舌をだらりと垂らし、いつも尻尾をズルズルと引きずり、いつも目を年老いたようにショボショボさせて、お世辞にも、可愛いとも、勇ましいとも、賢そうとも言えませんでした。

そして実際、どの様に毎日を過ごしているのかといえば、夏であれば風通しの良い河原で、一日中、寝そべっているだけでしたし、冬であれば暖かい暖炉の側で、もう何日も寝ていないように大きな欠伸ばかりしていました。

あるとき少年の父親は言いました。

「どうだろう、芸を仕込んでみたら。お前が困ったときに助けてくれるというなら、お前がこんなに貧乏しているのをきっと助けてくれるにちがいない」

しかし少年は首を横に振って言いました。

「とんでもない、お父さん。仲の良い賢い友達をどうして人前に出せましょう」

だけどそのとき、少年の母親も、沢山の兄弟たちも出て来て言ったので、少年はともかく芸を仕込むということに同意せざるをえませんでした。

しかしその試みは、少しも成功しませんでした。何故ならムムにちっともやる気がなかったのです。棒を飛ばせようとしても駄目だし、毬乗りの毬は後ろ足で蹴ってしまうありさまで、綱渡りなど思いもよりませんでした。そしてそれは十日も二十日もやらせてみても、一日目と少しも変わりはなかったのです。

そして父親や兄弟たちが、こういうものだと思ったり、また怒って鞭を振るうと、ムムは黙って地面にうつ伏しているだけでした。筋がついて、やがて血がにじんで、そして血まみれになっても、ぴくりとも動こうとしませんでした。恐らく死んでしまうまでそうしていることは明らかなようでした。とうとう皆がさじを投げて言いました。

「なんて愚かな犬なのだろう。こんな愚かな犬は見たことがない」

あるときのこと、少年の父親は少年に黙って、ムムを犬商人に売ってしまいました。

少年がそれを知ったとき、少年の父親は言いました。

「実際あの犬は、お前を助けてくれたのだよ。こうする以外に、どうしてあの犬がお前を助けられるというのだろう」

少年は泣いて怒りましたけれど、この頑固な父親相手では、どうすることも出来ませんでした。しかしだからといって、犬商人の所に行ってわけを話しても、それを商売にしている犬商人がムムを返してくれることはありえないことでした。少年はすっかり途方に暮れて、ただ呆然と立ち尽くすのみでした。

二、三日たって少年の心が落ち着いてくると、少年はこの国の王様の所へ行ってみようと思いました。この国の王様は年老いてとても頑固者でしたが、こどもの言うことは何でも聞いてくれるという噂があったからです。そう思うと、それが一筋の光になって、少年は王様の宮殿に向かって駆けて行きました。

少年は王様の前に来ると、知らず知らずのうちに跪きながら、今までのことを話しました。少年の話をすっかり聞いた王様は、少年に向かってにっこり笑って言いました。

「私が今、あなたの願いをかなえるのは、少しも難しいことではありません。あなたの手元にあなたの犬がすぐにでも戻るようにしてあげましょう」

それを聞くと少年は、喜びに顔をパッと輝かせて言いました。

「私にとってこんなに嬉しいことはありません。私はこれから後、どうやって王様のご恩に報いたら良いのでしょう」

それで王様は言いました。

「その国の王の位にある者と、純な心で未来に希望を持つこどもを比較して、とうてい王の位にある者が優れていると言うことは出来ません。従って私とあなたとは対等で、仲の良い友人どうしなのです。あなたが困れば私の所へやって来て、私が困れば、あなたのやれる範囲で私はあなたに助けてもらうのです。ただそれだけのことではありませんか。そのうえどんな心だてが必要だというのでしょう」

少年はもう半分、夢の中にいる心地でした。心の中で、ムム、ムム、と叫ぶと、すぐ目の前にムムの姿が現れて、嬉しそうにそこいらを飛び跳ねていました。

何年も、何年も過ぎていきました。

あるとき、この国と隣の国とが戦いを始めました。隣の国の王様が、今年十二になったばかりのこの国のお姫様を自分の妃にしたいと願い出て、それを断られると、突然兵士たちを繰り出したのです。

そして隣の国の兵士たちは大層強かったので、たちまちこの国は攻め込まれ、いつしか王様の宮殿は幾重にも隣の国の兵士たちに囲まれてしまいました。

王様はほとんど誰もいなくなって、ガランとした宮殿で、もはやこれまでと思いました。

過ぎ去った優雅な楽しい日々を思い描いては、早く死んでしまわなかったことを悔いました。

しかし王様は、そのときびっくりしてしまいました。いつか見たあの少年が、真っ黒な犬を連れて王様の前に現れたのです。王様は言いました。

「なんだってあなたは今、こんな所へやって来たのでしょう。こんな所にいたら、隣の国の兵士に殺されてしまうのに」

少年は言いました。

「王様が困っているのに、どうして私だけ逃げ出したり出来ましょう。私と王様とは仲の良い友達どうしだったのではないのですか」

王様は感慨深げに言いました。

「今の私には、あなたのその言葉がなによりです。でも、さぁ早くお逃げなさい。私にはあなたにしてもらうことは何もないのです」

そのとき宮殿の周りで、高い叫びが幾重にも起こりました。隣の国の兵士が、最後の突撃を始めたのです。そしてやがて、入り口という入り口から怒濤のように押し寄せました。

王様は言いました。

「あの隅に、あのカーテンの隅に隠れなさい。なにもかも済んでしまって、夜の闇にすべてが包まれるとき、そっと抜け出せばよいのです」

少年は首を横に振って、何も言いませんでした。ただ王様の顔を眺めてニッコリ笑いました。

そのとき、王様の部屋の扉が破られました。槍や刀を持った隣の国の兵士が、恐ろしい顔つきで、何人も立っていました。王様は、スラリと刀を抜きました。少年も両手のこぶしを握って身構えました。あわやこの二人と、隣の国の兵士がぶつかりあうように見えた瞬間、びっくりすることが起こりました。

今まで死んだようにうずくまっていた少年の犬のムムが、猛然と先に立っていた隣の国の兵士に飛び掛かり、たちまちのうちに倒してしまったのです。そして、二番目の兵士も、三番目の兵士も。

しかし隣の国の兵士も負けてはいませんでした。一人が倒れては次の兵士に代わり、代わるたびに新しい手だてを用意して、ムムに攻めかかりました。

いつしかムムも傷つき、全身は血にまみれ、尻尾も耳もずたずたになり、右の前足は途中からなくなって、目は片方飛び出してしまいました。

少年は思いました。

「あぁ、ムムよ。私の仲良しの賢いムムよ。お前はこんなにまでして私を助けようとするのか。疑ってはいなかったけれど、あのおじいさんの言ったことは本当だった。でも、もういいのだよ。もういいのだよ。さぁ、逃げておくれ。ここで、このまま死んでしまうより、尻尾を巻いて逃げてくれたほうが、どれほど嬉しいか分かりゃしない」

そのとき兵士の一人が、ムムの顔めがけて灰をパッと投げました。それでムムは残った片方の目を開けていることが出来ませんでした。

ここにおいてムムは、一瞬高く飛び跳ねて、隣の国の兵士たちの頭を越えると、庭に突き出した金の窓枠に立ちました。そして見えない顔を西の空に向けて、二声、三声高く吠えました。

するとどうでしょう。西の空の彼方から、なにやら黒いかたまりが、ざわざわ、ざわざわ、近づいて来ました。よく見るとそれは子犬の群れでした。一匹一匹が目をむき出し、子犬のくせに牙を鳴らし、狂ったように、キャンキャン、オンオン、吠えたてていました。

そしてその子犬の群れは、地上に降りると一斉に隣の国の兵士に飛び掛かったのです。手といわず頭といわず、一人に幾十匹も、バッタのように飛び掛かったのです。兵士たちの混乱したこと。切っても切っても、突いても突いても、ひっきりなしに後が続くのです。いつしか兵士たちは逃げ腰になり、やがて一人が逃げ出すと、たまらなくなって全員が、わぁ、と逃げ始めました。

しかし兵士たちが、この国の宮殿を出たからといって、ほっと一息つくわけには

いきませんでした。キャンキャン、オンオン、と吠えたてる子犬の群れは、兵士の後に続いていたからです。それで結局自分たちの国に入るまで、兵士たちは駆け通さなくてはなりませんでした。そしてそのようにして無事自分の国に帰りついた兵士の数は、初め出ていったときの、半分にも満ちませんでした。

　隣の国の王様は、自分の国の自分の宮殿にあって、その報告にただ肝をつぶすだけでした。そして、多くの兵士を失ったことを悲しみつつ、今後二度と隣の国へ攻め込むようなことはやめようと思いました。

　それから幾月もたって、この国の王様の六十歳のお誕生日のとき、少年は王様の娘のお姫様とめでたく婚約をして、皇太子の地位が与えられました。それは王様がいつか神様に召されたとき、王様の位が少年の前に輝くということでした。

　王様のお誕生日を祝って、沢山の爆竹が鳴り、人々が歓呼の声をあげるとき、少年もまた幸せでした。

　ではあの少年の犬、ムムはどうしたでしょう。いえ、別にどうもしません。いつも少年の側で、ごろごろしているだけです。恐らく少年がこのまま幸せに生きている限り、それは変わらないことでしょう。そしていつかまた、「なんて、この犬は愚かなのだろう」と人々に言われるようになるかもしれません。

その長い一生において、他の誰もが出来ない幾つかの大切なことが出来れば、日々の小さなつまらないことなど、なんで気に病む必要があるだろうか、そんな風に思っているようでした。

それなりの力を持った人が、このムムのように生きたとしても、それはそれでよいかもしれませんが、皆さんこどもたちは、一日一日の、こつこつとした努力が必要です。そしていつも、優しい心で生きるようにしましょう。王様の時代のこの少年のように、幸せがいつか皆さんの前にきっと訪れてくれるでしょう。

赤い夢

小さい皆さん、こんにちは。

今日は皆さんに、赤い夢についてお話ししたいと思います。

それは王様の時代の古いお話なのですが、ちょっぴり寂しくて、ちょっぴり楽しくて、ちょっぴり怖いお話です。ではご案内いたしましょう。

ある町のお祭りの夜、町の大劇場の前の広場で、こどもたちはたいそう着飾って遊んでいました。手をつないで輪を作り、歌ったり、踊ったりして遊んでいました。それを遠くから眺めていた貧しい娘が近づいていって、「お願いですから、私も皆の仲間に入れて下さいな」と言いました。こどもたちは、どうしよう、という感じで顔を見合わせましたが、そのうち一人の子がぱぁっと向こうへ駆けて行くと、それにつられたように他の子も向こうへ行ってしまいました。取り残された貧しい娘に、駆けて行った子の何気ない言葉が響きました。

「貧しい娘は、いや」

途方に暮れたように、その貧しい娘はたたずんでいました。

月の明るい公園で、先ほどの貧しい娘は、一人で歌い、踊っていました。あぁ、その娘にとって、歌と踊りは、なんと心楽しく夢をふくらませてくれるものだったでしょう。丸い大きな月を見上げては、思わずつぶやくのでした。

「もし私が、この町のあの大劇場の舞台の上で、多くの人たちに囲まれて、歌い、踊ることが出来るなら、すぐにでも死んでしまってもよいくらいなのに」

そしてまた一人で、歌い、踊るのでした。

そのとき、暗い木陰から、一人の黒いマントを着た老人が出てくると、その娘に向かって、言いました。

「お前は赤い夢のことについて、何か知っているかい？」

娘は首を横に振りました。老人は言いました。

「赤い夢とは、若い娘の見る夢で、それがかなえられると、すぐに死んでしまう夢のことをいうのだけれど、私はその夢をかなえてくれる所を知っている。お前も行ってみるかい。先ほどからお前を見ていて、なんとなく誘ってみる気になったのだけれど」

娘は言いました。

「行きます。行きます。夢がかなえられるなら、すぐにでも死んでしまってかまいません」

「お父さんは？」

「いません」

「お母さんは？」

「いません」

「誰か、一緒に暮らしている者は？」

「誰も、いません」

「そうかい、そうかい、では行こう。私が連れて行ってあげよう。ここからずっとずっと北に行った所の、小高い丘の上にある赤い館なのだけれど。そこには街角に待たせている馬車に乗って行こう、さぁおいで」

　やがて黒いマントの老人と娘を乗せた馬車はガラガラと走り出すのでした。

　娘が行った所は、老人が言ったように、小高い丘の上にある赤い館でした。近くの人はその館のことを、赤い夢の館と呼んでいました。館の中には、館の主と女の召し使いが何人かいて、皆親切でした。娘の願いを聞くと、館の主はニコニコして、「そんなことはお安い御用だ。まかせておきなさい」と言ってくれました。ともかく今日は遅いのでよく眠るように、と言われて、ぐっすり眠りました。翌朝目が覚めると、心にも、身にも、力がみなぎっているようで、とてもさわやかでした。

　それから娘は、その日と次の日と二日、歌と踊りを習いました。館の主は、いろいろ歌わせてみては、いろいろ踊らせてみては、いろいろ手直しをしてくれました。けれど、二日目の夕方になると、「私にはもうお前に教える何もない、明日はもう帰ってもいい」と言ってくれました。娘は飛び上がるほど嬉しくはありましたけれど、この二日間でそれほど上手になったとは思えませんでしたので、ちょっぴり不安でした。でももともと、お前は上手だったのだから、と言われると、もう疑う余地はありませんでした。

翌朝館の主は、町に帰る娘のために、空を飛べる羽根のついた白い馬を貸してくれました。それから町の劇場主に紹介状を書いてくれました。

娘がその白い馬に乗って町に帰ってくると、多くの人がやって来て、もはや娘を一人にはしておきませんでした。皆ワイワイ娘を囲んで、甘い言葉を投げかけてくれました。

劇場主は、その娘の持ってきた館の主からの紹介状を読むと、さっと顔色を変えて言いました。

「早馬だ、早馬の用意をしろ。王様にすぐに知らせなければ」

やって来た王様は、娘に向かって言いました。

「私はお前の舞台を楽しみにしている。お前が舞台で歌い、踊るとき、私は皆でお前を見に来ることにしよう」

やがて娘が舞台に立つその日がやって来ました。町の大劇場には沢山の人がつめかけ、王様や、お姫様や、大臣や、町長で劇場の中はいっぱいでした。やがて高らかなラッパの音が響いて、娘の登場です。七色の虹に似せて作られた夢のような舞台の上に、娘はただ一人立ったのです。あぁ、いままでに、幾度となく夢に見た光景であったことでしょう。幾度となく心に思い描いた光景であったことでしょう。そしてやがて、娘は歌い出します。踊り出します。あらん限りの力を込めて、あらん限りの思いを込めて、歌い、踊ったのです。

そして最後のファンファーレの音楽が鳴り響いたとき、舞台は最高潮を迎えるのでした。人々は皆立ち上がって、手を振っています。見ると最前列の王様までが、立ち上がって帽子を振っています。娘はもう半分夢心地でした。信じられない心地です。そして　最後の演目を終わったとき、娘は涙を流しながら、心から幸せの気持ちで舞台を下りたのです。途切れることのない長い長い拍手を、いつまでも、いつまでも、耳にしながら。

翌朝、その娘は自分のベッドの中で、笑いながら死んでいました。それを見て人々は、楽しい幸せの中で娘が死んでいったことを知って、誰も悲しみませんでした。もし悲しむものがあったとすれば、夜空の丸いお月様だったかもしれません。もしあのとき、こどもたちの一人が、誰でもいい、たった一人の誰かが、いいよ、と言って遊びの仲間に入れてあげていたら、決してこのようなことにはならなかったことを知っていたからです。

でも、本当のことを言うと、娘が天駆ける白い馬に乗って、町に帰って来るそのあたりから、この話は娘の見た幻想の世界に入っていたのかもしれません。館の主が、夕食のスープの中に、何か特殊の薬をそっとしのばせて、夢見る少女を作りあげることも出来たのですから。でも、娘にとってみたら、それが実際の話であるか、幻想の話であるかは、あまり関係のないことでした。歓呼の中で幸せに死んでいければ、どちらも同じことだったのですから。

では、小さい皆さん、さようなら。あんまり簡単に、それがかなえられたら、死んでしまってもいいなんて、くれぐれも思いませんように。

石畳の中のこどもたち

小さい皆さん、こんにちは。

今日は石畳の中のこどもたちのお話をします。

僕は若い頃絵の学校に通っていたことがある。当時幾つかの展覧会の賞も貰い、心は希望に溢れ、僕の未来は明るく輝いているように思われた。

でもいつの頃からか僕は絵を描くことに行き詰まり、生活はすっかり荒れてしまった。自然に絵の学校にも行かなくなり、朝から何もせずブラブラするようになった。親が残してくれたわずかばかりのお金もたちまち底をついて、ルンペンのような生活になっていた。でも僕はどうにもならないのを知っていながら、なんとかなるさ、と自分に言い聞かせて、その生活をあらためようとはしなかった。

　そんなある日、僕は空きっ腹を抱えて街を歩いていた。王様の宮殿の前の公園には人々が集まり、大変な賑わいだった。午後の明るい日差しに男たちは皆帽子を被り、女たちはパラソルをさしていた。僕は公園のベンチに腰を下ろすべくヨロヨロと歩いていくと、大の男にドンとぶつかった。僕はたちまちはじき飛ばされて地面に転がった。

　僕は半身を起こして起き上がろうとした。しかしそのとき、公園の石畳の中でニコニコ笑いながら遊んでいる沢山のこどもたちの姿が目に入った。それは何百人という数のこどもで、皆楽しそうに遊んでいた。僕は心の中でワァと思った。それから僕は起き上がると、こどもたちの間を回って歩いた。夢中で見て回った。ある子は駆けていた。ある子は飛んでいた。ある子は歌っていた。皆楽しそうにニコニコしていた。僕はあらためてワァと思った。でも人々は自分の足元のこどもたちの姿に気づいていないようだった。こどもたちが手をつないで楽しく踊っている姿の上を平気で歩いていた。皆でなごやかに歌っている頭の上をヅカヅカ歩いていた。こどもたちはそんなことを少しも気にする様子もなく楽しそうに遊んでいた。僕は人々のいぶかしげな眼差しを気にかけることもなく、こどもたちの間を回った。僕はやがてこどもたちと一緒になって、踊ったり歌ったりし始めた。いぶかしげに見ていた人々は、いよいよ僕が気が狂ったと思ったに違いない。

一通りこどもたちと踊ったり歌ったりした後で、僕は公園の石畳の上に膝をつくと、石畳の中のこどもたちの姿を、ちょうどそのとき持っていた赤や緑や黄色の色とりどりのチョークでなぞり始めた。

「まぁ、上手」

見ていた誰かが言った。

別に僕が上手だったわけではない。僕はただ石畳の中のこどもたちの姿をなぞっていたにすぎないのだから。

僕はそんな風にして、何人の、何十人の、そして何百人のこどもたちの楽しそうな姿をなぞっていった。夕暮れ近くなると、公園の石畳の上は色とりどりのこどもたちの楽しそうな姿でいっぱいになった。人々はそのこどもたちの姿を見て感嘆の声をあげていた。もう無遠慮に踏みつける者は誰もいなかった。僕は人々の好奇な眼差しの中で最後の一人をなぞり終えた。

　僕は本当のことを言うと、僕に好奇の目を向けている人々の眼差しなどどうでもよかった。それより僕のなぞったこどもたちの目が気になった。皆にも見えるようになぞってあげて、こどもたちもさぞ喜んでいてくれているのだろうと思った。

　いつしかお城の王様もお姫様と一緒に出てきて「おぉなんて素晴らしいのだ」と言ってくれた。僕はチョッピリ幸せな気分になって微笑んだ。でも僕はあらためてこどもたち一人一人の顔を眺めて、ハッと胸を打たれた。何人かのこどもたちの顔が笑っていなかったのである。笑っていないばかりでなく頬をふくらませて、どちらかというと怒った顔をしていたのである。僕はどうしてだろうと思った。初め見たときはすべてのこどもたちの顔が笑っていたのである。僕にはその理由が分からなかった。

　僕が半日かけてなぞったこどもたちの絵は、その石畳の上で長く人々の目を楽しませることはなかった。折からの強い雨で、たちまち消えてしまったのだ。そして消えてしまったその後には、石畳の中のこどもたちの姿もなかった。絵が消えてしまって、それを見ていた人たちは一人、二人と去っていった。僕はなすすべもなく呆然とたたずむばかりだった。でもそのときわずかに残ってくれた人の中に王様がいた。王様はがっくりと肩を落としている僕に言った。

「私は随分前からお前のことを知っているが、お前があんなに素晴らしい絵を描けるなんて思ってもいなかったよ。これからお前がこの国で何を食べ、何を着ようが誰にも文句を言わせないから、またいつか今日のような絵を見せておくれ」

僕はただ黙って頭を下げるだけだった。そのときの僕の心は、素晴らしい宝物を失った悲しみと、頬をふくらませているこどもたちの目が気になって、王様の言葉などどうでもよかったのだ。でも王様のこの一言がこの後の僕の生活にどれほど役立ったかは言うまでもない。

あんなことがあってから僕はいつも公園の石畳の上に行った。そこに行ってはこどもたちに語りかけた。でももうどこにもこどもたちの姿のかけらも見えなかった。人々は初め僕が行くと、また描き始めるかと思って近寄って来たりしたが、しばらくすると誰も見向きもしなくなった。僕は毎日毎日こどもたちの姿を求めて歩いた。朝も夜も雨の日も風の日も歩いた。こどもたちに呼びかけては何でその頬をふくらませているこどもがいたのかと思った。そんな風にして何日も何か月も、そして何年も過ぎていくと、僕が絵をなぞって皆に見せるようにしたことに頬をふくらませていたのではないかと思い当たった。こどもたちは僕だけといつまでも遊んでいたかったのだ。それを僕がなぞったものだから怒ったのだ。僕はそれがどうやら本当のことのように思えた。僕だけの前に姿を現してくれたのに、あろうことか僕は余計なことをしてしまったのだ。頭を踏まれても顔を踏まれても、こどもたちはニコニコしていたのだから、僕はそんなことを気にすることはなかったのだ。僕はそう思うとすっかり気落ちしてしまった。許しがたいことをしてしまったような気持ちだった。

　それからまた、何年も何年も過ぎていった。僕の生活に何の変化もなかった。僕は毎日公園をウロウロとさまよい歩いていた。僕はこの頃になると、もう二度とこどもたちに会えないのではないかと思い始めていた。深い絶望に押しつぶされそうになりながら、あてもなく日を送った。

　でもある寒い冬の夜、喜びは突然にやって来た。月明かりの下をいつものようにうつろな目で歩いていたら突然、石畳の中にこどもたちが姿を現したのだ。それは前に見たときよりもっと沢山の数のこどもたちで、前と同じように明るく笑って、歌ったり、踊ったりしていた。僕はもうすっかり夢中になってしまった。夜で、あのときみたいに昼間のざわめきがないので、こどもたちの声まで聞こえるようだった。僕はこどもたちと一緒に遊んだ。こどもたちも目を輝かせて僕と一緒に遊んだ。僕は楽しかった。嬉しかった。

会えて良かったと思った。「この前はごめんね」と言った。こどもたちは「そんなこといいんだよ」と言ったようだった。僕が皆と一緒に遊んでいると、しばらくしてこどもたちが「描いて、描いて」と言い始めた。僕はびっくりした。この前は怒っていたはずなのに、こどもたちは確かに「描いて、描いて」と言っていた。それで僕は持っていたチョークを取り出すと試しに描いてみた。そしてこどもたちの顔を眺めてみた。どの子も笑っていた。頬をふくらませている子はいなかった。僕は用心深く何人か描いてはこどもたちの顔を眺め回した。そして怒っている子がいないのを確かめてさらに描き足していった。

そんな風にして僕が公園の石畳の上に、すべてのこどもたちの姿をなぞり終えたとき、もう夜は明けようとしていた。公園は足の踏み場もないぐらいこどもたちの姿で埋めつくされていた。何百人というこどもたちが手をつなぎ大きな輪を作っていた。その輪の中に小さな子が踊っていた。歌っている子もいた。駆けている子もいた。皆、笑っていた。皆、心から楽しそうだった。

僕は描き終わり、すべてのこどもたちのニコニコ笑う姿を眺めてから、一息入れるために公園のベンチに行った。そしてそこに腰かけていると、昨夜からの疲れが一度に来た。僕はそのまま眠ってしまったようだった。

すっかり朝になって街の人々が公園に来てみると、そこにはあふれんばかりの数の楽しそうなこどもの姿があった。人々は息をのんでこどもたちの姿に見入った。朝の白い光を浴びて、色とりどりのこどもたちの姿は活き活きとして可愛かった。皆は公園で大きな輪になって眺め続けた。こどもたちの絵の中に一人の大人の絵があった。こどもたちと手をつなぎ一緒になって踊っているその大人は、楽しくてたまらないという感じだった。皆見ている人たちはその大人が誰か知っていた。それはこのこどもたちの絵を一晩かかって描きあげ、そしてそこのベンチで明け方死んでいった僕なのだ。見ていた誰かが言った。

「あの人は死んで、今こどもたちと楽しく遊んでいるんだよ。なんて幸せな人なのだろう」

その絵はその後、雨が降っても消えることはなかった。いつまでもいつまでもその公園で人々を楽しませた。そしてこの世と関わってしまったせいなのか、不思議なことにその絵の中のこどもたちも僕も、時と共に変わっていった。こどもたちは大人になり、僕は老人になった。あるとき僕の姿がなくなった。人々は僕がその世

界で死んだのを知った。やがて大人になったこどもたちは、いつか老人になり、一人二人と欠け始めた。人々は毎日やって来ては数を数えて一喜一憂した。そしてその数が最後の一人になったとき、人々は何百人と公園を埋めつくし、最後の一人のために祈った。やがて老人が涙を流し始めたとき、人々はその老人の最期が近いのを知った。皆火を灯し、朝に夜に老人を見守った。やがて人々に見守られて老人は消えていった。消える少し前に一瞬だったけれど、こどもたちと僕の明るい笑顔が見えた。人々はこの奇跡を永く伝えようと思ったけれど、伝染病や大地震ですぐ忘れてしまった。

今日僕がこのお話を書くことが出来たのは、かつての僕か、こどもたちの誰かが、あるいははるか遠くから眺めていたお星様かが、僕にそっとささやいてくれたからなのです。

大カモメの冒険

小さい皆さん、こんにちは。みなさんは大カモメの話をご存じですか。

まだ地球の陸地が今のような形になっていなかった頃のお話です。

地球の南半球のある島に、沢山のカモメが住んでいました。餌になる魚がいっぱいいて、天敵というものがほとんどいませんでしたから、カモメの数は増えるだけ増えて、その体も大きくなれるだけ大きくなりました。

大カモメたちは、美しい家を造ったり、歌を上手に歌ったり、誰が一番速く飛べるか、誰が一番遠くまで行けるかなど競技をしながら、穏やかな暮らしをしていたようです。

ある時、大カモメは団体戦の競技を思いつき、グループの中のメスの大カモメを、どのグループのメスよりも速く遠くまで行かせることが出来るか競うことにしました。

グループのオスは自分の命をかけてでも、メスを遠くまで飛ばさなければいけません。その距離はどんどん延びて大カモメは一週間も飛び続けなければならないことも普通になりました。そして最後には、どのグループのメスが真西に向かって飛び、真東から一番早く帰れるか競うことになりました。大カモメは、多くの仲間の話から、この地球が丸いことを知っていましたし、なんとなく地球の大きさも分かっていました。その大きさは、大カモメが飲まず食わずに飛んで八十日かかる大きさでした。

大カモメが住んでいる島の真東は、いつも黒い雲に覆われ、強い雨風が吹き荒れていました。誰もそこを突き抜けたものはいませんでした。最後にその場所を突き抜けなければ帰れないなんて、それはもう死を約束されたようなものでした。でもいつの時代にも向こう見ずな若者はいるものです。その挑戦に五つのグループが名乗り出ました。

ある朝、一羽のメスに四羽のオスが付き添う五つのグループが日の出と共に真西に向かい飛び立ちました。どのグループのメスが誰よりも早く真東の黒雲を突き抜けて戻ってくるのでしょう。残った大カモメの群れは、真西に向かって空高く飛ぶグループの群れを見送りました。

五つのグループの二十五羽の大カモメは、黙々とただひたすら西へ向かって飛び続けました。どのグループのメスが一番初めに戻ることが出来るかという競技でしたが、今ここで先を争う必要は少しもありませんでした。それより、後々のことを考えると、少しでもゆっくり飛んで力を蓄えておきたいという気持ちを誰もがもっていました。でも、最後の最後にどれほど力が残っているか、どれほど力を残しておけばいいか、誰にも分かりませんでした。

　やがて飛び立ってから十日がたち十五日が過ぎていきました。海また海の世界でした。このコースを西へあくまで進むと、陸地はあの恐ろしい火山の島々を除けば出発点の島に戻るまでありませんでしたが、大陸や半島をかすめて飛ぶ地域はありました。しかし、誰も立ち寄って一休みしようなどとは考えていませんでした。その地にはその地で、大変な危険が予想されたのです。

　飛び立ってから二十日が過ぎていきました。大カモメの群れは、ある半島の縁をかすめて飛んでいました。半島の飛龍に気づかれないように低い場所をゆっくり羽ばたいていました。でも低い場所でいくらゆっくり羽ばたいても二十五羽の群れですもの、とうとう半島の飛龍に気づかれてしまいました。

　半島の岩山から多くの飛龍が飛び立ってきたとき、それぞれのグループの中で一番速く飛べるオスがおとりになって、仲間を逃がすために正反対の方向にこれ見よがしに逃げました。初めはゆっくり飛んで、捕まりそうになると全速力で飛んで、仲間との距離を出来るだけ開こうとしました。こんなわけでそれぞれのグループはここで誰よりも速く飛べる一羽のオスを失うことになるのでした。でも残された五つのグループの二十羽の大カモメは、その危険地域をなんとか通過することが出来たのです。

それからまた十日たち二十日たっていきました。二十羽の大カモメの群れは恐ろしい火山の島々の上を飛んでいました。それはもうすさまじい光景で、南の島々から北の島々に至るまで火を噴いていない山はないという光景でした。噴き上げる噴煙は空を覆い、目を開けていることが出来ないほどでした。大カモメの群れは、噴火と噴火のわずかな間を巧みに飛び続けなければなりませんでした。そのためには、グループの中で最も目がきくものが先頭に立ち、後のものは目をつぶったまま先頭のカモメの羽音を頼りに飛ぶことでした。先頭のカモメが見間違えるようなことをしたら、グループのすべてのものは噴火の直撃を受けてひとたまりもないでしょう。先頭に立つカモメは、時に速く羽ばたき、時にゆっくり羽ばたき、右に左に進路をとって果敢に飛んで行くのでした。一瞬も気を抜くことが出来ない火山の島々は、丸一日飛んだところで終わりになりました。もうもうと燃え盛る噴煙を潜り抜けて、青空と澄んだ空気の中に飛び出せた時、大カモメの群れはどんなに嬉しかったことでしょう。でも先頭に立ち最後までしっかりと目を見開き仲間を誘導した、誰よりも目がきく大カモメはもう力尽きていました。ほとんど目が見えなくなっていましたし、過酷な条件のもとでの勇敢な行動が体力を著しく奪っていたのです。やがて目が見えなくなった大カモメはグループの仲間に別れを告げて、次々海に消えていきました。残された大カモメの群れは、海に落ちていく仲間を見送りながら、飛び続けるのでした。

　残された五つのグループの十五羽の大カモメは、なにも考えないようにしてただ西へ西へと飛んで行きました。もう半分の距離まで来たという気持ちはみなの気分を少しは楽にしましたが、まだこれから何が起こるか分からないという考えは、みなを慎重にさせていました。さらに十日たち二十日が過ぎていきました。飛び立ってから六十日が過ぎる頃、突然思いもかけないことが起こりました。雲間から視界のきく広い世界に出たときを待ち伏せしていたかのように、大陸の大飛龍が大カモメの前に姿を現したのです。その大きさは小山ほどもあると思われ、十五羽の大カモメを一気に飲み込むことなどなんの造作もないように見えました。その事態に、それぞれのグループからでてきた一羽のオスが、一つのグループを作り、臆せず大飛龍に向かっていくのでした。そして他のカモメたちは大飛龍に気づかれないようにその場を離れるのでした。果敢に立ち向かう五羽の大カモメはときに一塊になり、ときに飛び離れて、勇敢に戦いました。でも、大飛龍と大カモメの体力の差は歴然でした。そしてそれは戦いの時の経過とともに顕著になりました。五羽の大カモメはやがて次々と捕らえられ、飲み込まれていきました。

ただ、大飛龍も決して無傷ではありませんでした。五羽のカモメを飲み込んだ後で、逃げていったカモメを追うだけの力は残っていませんでした。

それからさらに十五日が過ぎていきました。残りは五日でした。一羽のオスに守られた一羽のメスは、自分の身を差し出してくれたオスのためにも必死にゴール地点に辿り着こうと思っていました。いつも島から眺めていた黒雲の世界が、せめて一日ぐらいで済みますようにと祈らざるを得ない気持ちでした。

あと三日を残すところまできて、いよいよ黒雲の世界が眼前に迫ってきました。

ここでハプニングが起きました。あるグループのオスが海に落ちてしまったのです。そのため、そのグループのメスには守ってくれるオスがいなくなってしまったのです。いよいよ雨風が吹き荒れる黒雲の世界を目の前にして、そのメスは他のグループのオスとメスに順番に声をかけました。

「私はとても自分ひとりでここを潜り抜ける自信がありません。あなた方のグループに入れて下さい」

でもそれを聞いた三つのグループのオスとメスは自分たちのことで精一杯だという風で、話をろくに聞いてくれませんでした。

最後に声をかけたグループのオスとメスが「いいですよ」と言ってくれました。

やがてそれぞれのグループは黒雲の世界に突入していきました。強い風を避けるために出来るだけ低く飛んで、風上にはいつもオスがいました。あまり低く飛ぶと波にさらわれる危険もありました。一日、二日と過ぎていきました。二羽のメスを守る一羽のオスのグループはここまできて順位にこだわっていませんでした。いかに早くここを突き抜けるかということより、いかに出来るだけ安全にここを突き抜けるか、そればかりに心を向けていました。

どれくらいの時間がたっていったことでしょう。バタバタバタ……二羽のメスを守るオスの大カモメは、自分の羽ばたく音がだんだんと遠くに感じるようになっていました。

「ああっ、もう駄目だ」

大カモメのオスは、その翼に残っていた最後の力を使い切ると、あとは大きな翼を広げたままじっと動かなくなりました。下に柔らかいものがあって、それらが左右に揺れていました。「自分は海に落ちて、波に揺られているんだな」とオスの大カモメは思いました。「海に落ちるということはこんなにも気持ちのいいものなんだ。ゆりかごのように」そうした時間がどれくらいあったことでしょう。

バタバタバタバタバタ……という音が聞こえてきました。そして目に眩しいほどの光を感じました。その一瞬、大カモメのオスは何もかも分かりました。自分が二羽のメスの大カモメの背中に乗り空を飛んでいることを。そして、雨風が吹き荒れる黒雲の世界を突き抜けられたことを。

大カモメのオスは、自分の身体に力が戻ってきていることを感じました。

「もう大丈夫。さあ、飛ぶぞ!」

日の光の中を二羽のメスの大カモメの背から飛び立ちました。

雨風が吹き荒れる黒雲の世界を抜け、出発地点の故郷の島に戻ることが出来たのは、二羽のメスと一羽のオスのグループだけでした。二羽で飛ぶより、三羽で飛んだ方が風を避けやすかったのでしょうか。あるいは、二羽のメスを守る一羽のオスということで、メスもオスを労わる気持ちを持ったからでしょうか。

それからも繰り返し同じ競技が行われましたが、帰ってくることが出来たのはこの三羽のグループ以外にはいなかったということです。

花売りの老婆

小さい皆さん、こんにちは。

今日は、北風が私にしてくれたお話をします。

昔ある所に、花売りの老婆がいました。すっかり年をとり、腰が曲がってしまいましたが、それでも毎日町に花を売りに行っていました。

その日も老婆は街角の隅に座って、花を売っていました。秋もすっかり深まった夕方で、寒い北風が吹いていました。ようやく見つけてきた秋の山の花々もすっかりしぼんでしまって、寒そうにブルブルふるえていました。でも老婆は、まだその日一つも売れていなかったので、家に帰るつもりはありませんでした。帰っても、食べる物はありませんでしたし、戻っても、ここにいるのとたいした違いはなかったからです。

老婆は地面に座って、町行く人を眺めていました。人々は老婆を見かけると、尚一層そそくさとして、家路を急ぐのでした。

老婆はあるときまで「自分の今までの人生に、良いことは一つもなかった」と思っていました。でもあるときから「自分にも幸せなことがあったのだ、それを自分が、あろうことか自分の手で投げ捨ててしまったのだ」と考えるようになっていました。

確かに老婆がまだ娘だった頃、一人の身体の弱い、詩を書く少年が、愛を告げに老婆の家へやって来ました。でも老婆は、ひどい言葉を言って、追い返してしまったのです。少年は失意の内に町を飛び出し、遠い町へ行ってしまいました。それ以来老婆は、その少年のことを決して思い出すことはなかったのですが、あるとき、その少年が今ではすっかり有名な詩人になって、隣の町で御殿のような家に住み、それはそれは幸せに暮らしているのを知りました。

それ以来老婆は、自分には良いことが一つもなかった、と思うのをやめて、毎日をため息とともに暮らすようになりました。

日はだんだんに暮れて、やがて真っ暗になりました。風はますます強く、冷たくなっていました。いつもだと老婆は、花売りを適当に切り上げて、どうしても買ってもらいたかったら、一軒一軒、人の家の戸口を叩くのでした。そうしたら、花を買ってくれる人はなくても、幾らかでもお金を握らせてくれる人や、何か食べ物をくれる人はいたのです。

でもその夜は、老婆にその気力は残っていませんでした。地面にうずくまったまま、前を通りすぎる人の足音を聞いていました。おぉ寒！　老婆は思わず自分の肩を抱きました。

それから、どれぐらい時間がたったのか、分かりません。老婆の耳に、シャン、シャンと鈴の音が聞こえてきました。それは馬車についている鈴の音です。老婆は顔を上げて、耳を澄ましました。

やがて、シャン、シャン、シャンとやって来た馬車は、白い馬に引かれた、立派な馬車でした。そしてその馬車は老婆の前で止まると、中から立派な身なりの老人が降りてきました。老人は馬車から降りると、老婆に手を差し伸べて、にこやかに言いました。

「お久しぶりです。私はどれほどあなたにお会いしたかったことでしょう」

あぁ、それを聞いて、老婆はどんなに嬉しかったことでしょう。この老人は、あの少年だったのです。昔、けんもほろろに追い返した、あの少年だったのです。

「あのときのことを、あのときのことを、許してくれるのですか？」

老婆は言いました。

「許しますとも。許しますとも。ほんの少女の気まぐれを、どうして一生責めたてることが出来ましょう」

老人は言いました。

それからさらに老人は「私はいつもあなたのことを、人知れず見ていたのです。でももう今夜からは、誰にも遠慮しませんよ。私はあなたを私の家に連れて行きます」と言いました。老婆はもう夢心地で、老人の腕にすがりついていました。

やがて二人は馬車に乗ると、シャン、シャン、シャン、シャンと鈴の音を鳴らして、走り去って行きました。

空からは、みぞれが降っていました。

翌朝老婆は地面にうずくまったまま、花に囲まれて死んでいました。それを見た人たちは、これ以上老婆が生きていても、たいして良いことがあるようにも思われませんでしたので、誰も悲しみませんでした。

良い星　悪い星

小さい皆さん、こんにちは。

今日は皆さんが生まれてくる前のお話をいたしましょう。

宇宙のある場所に、今度生まれるこどもたちの集まる所があります。数えきれないぐらいのこどもたちが集まっています。でも皆、その顔は不安でいっぱいです。どこに生まれるのか決まっていないからです。良い星に生まれるのなら良いけれど、悪い星に生まれたら大変です。一生苦しみ抜く生活が待っているのですから。良い星の中で最も人気があるのが地球です。何故人気があるのかと言えば、そこには地球の森の妖精さんがいるからです。そしてその妖精さんが造った花があり、小鳥がいるからです。こどもたちは宇宙のどの星にもない花や小鳥を想像して、ぜひ地球に生まれてきたいと思うのです。

でも皆が皆、思うようにはいきません。いえ、ほとんどの人がその望みがかなえられないと言ったほうがいいでしょう。でもそんな中で、地球に生まれることが決まったこどもたちはどんなにか幸運なこどもたちでしょう。皆目を輝かせ、胸をときめかせて、生まれてくるのを待つのです。

やがてそれぞれが、定められた自分の星に生まれていくとき、他の星に生まれることが決まったこどもたちは、地球に生まれることが決まったこどもたちに、くれぐれも言うのです。

「今度会うときに、地球の花や小鳥や、その他の沢山の素晴らしいものを、私に話してね」と。

さて、小さい皆さん。あなた方はこのようにして、この地球に生まれてきたのです。花や小鳥を沢山見て、それからその他の沢山の素晴らしいものを見つけて下さい。そして今度会うときに、ぜひお友達にも沢山話してあげて下さい。今もお友達は悪い星で苦しみながら、あなたに話してもらう、地球の色々なことのお話を楽しみに、頑張っているのです。

第3章

王様の時代のチコちゃんの物語

けやきのこぶの妖精

小さい皆さん、こんにちは。

私は今回から何回かに分けて「王様の時代のチコちゃんの物語」のお話をしたいと思います。チコちゃんにより励まされ慰められ、そして救われたこどもたちはこの王様の時代に沢山いたのです。小さい、小さい皆さんもぜひチコちゃんを応援して下さい。

チコちゃんはバラの妖精です。王様の時代にこどもたちの大の仲良しでした。ところでチコちゃんとこどもたちの話をする前に、チコちゃんについて話しておかねばならないことがあります。いつも明るいチコちゃんにも、こういう悲しみがあるということを知っておいてもらうために。

チコちゃんは初めの頃、自由に世界を飛び回ることが出来ませんでした。意地悪な妖精が沢山いて、チコちゃんをからかったり、いじめたりしたからです。でもチ

コちゃんはいつか、けやきのこぶの妖精と知り合いになり、けやきのこぶの妖精がチコちゃんを守ってくれることになりました。けやきのこぶの妖精は、ごつごつのけやきのこぶに目鼻をつけたような醜い顔をして、そのうえ舌がよく回りませんでした。でもチコちゃんはそんなことに少しもかまわなかったのです。

あるとき、けやきのこぶの妖精はとても良いことをして、神様から三つの願い事がかなう天国の柳の枝をもらいました。でもその三つ目の願い事がかなうとき、不幸になるということでした。

チコちゃんとけやきのこぶの妖精がある日、人間の世界を飛んでいると、ある町ではお祭りでとても賑わっていました。

「おや、おや、あの子はどうしたんだろう」

そのとき、けやきのこぶの妖精がそう言って指さした所を見ると、町外れに一人の子がポツンとたたずんでいました。

「あぁ、あの子は、遠い国へ売られていったお母さんのことを思い出しているのですよ。それにもう何日も食べていないのでお腹はペコペコ」

チコちゃんは言いました。

「な、なんてかわいそうなんだろう」

けやきのこぶの妖精はポロポロ涙をこぼしながら言いました。そしてためらうことなく口の中でブツブツ言いました。一つ目の願いをかけたのです。

少年は、寂しい心と冷えたお腹で、今にも倒れてしまいそうでした。しかし、あぁ、そのときどんなに嬉しかったでしょう。懐かしいお母さんが、湯気のたつ肉饅頭や果物の沢山入った籠を腕にかけ、こちらに駆けてくるではありませんか。「お母さん！」少年は叫びました。

「お母さん、お母さん！」

けやきのこぶの妖精は、そんなことがあってから、あまり世界に飛び出なくなりました。

「人間の世界には悲しいことが多すぎるから」

けやきのこぶの妖精は言いました。

しかしけやきのこぶの妖精が、このようにけやきのこぶの中に閉じこもってしまうことが多くなると、チコちゃんも自由に世界を飛び回ることが出来ませんでした。それでつまらなそうにしているチコちゃんを見て、けやきのこぶの妖精は、二つ目の願いをかけてくれました。それはチコちゃんが誰にも邪魔されず自由に世界を飛び回れること、というものでした。これによりチコちゃんは、以後自由に世界を飛び回れて、多くの妖精の中でももっとも人に親しまれる妖精になることが出来たのです。

自分のすみかに閉じこもってしまう、けやきのこぶの妖精に、チコちゃんはいつも見てきた色々のことを話してやりました。あるとき、人間の世界の大きな風車についてチコちゃんが話すと、けやきのこぶの妖精は目を輝かせて言いました。

「ほんのちょっとだけ、ほ、ほんのちょっとだけ見に行くよ。何か悲しいことがあっても、見ないことにして。実際自分の不幸と引き換えに人の幸せを願うなんてとても僕には出来ないから」

人間の世界の大きな風車を前にして、けやきのこぶの妖精は有頂天でした。風が吹いてきてガラガラ回ると手を打って喜び、そこら中を飛び跳ねました。しかしその大きな風車は、戦いで多くの人を殺す恐ろしい兵器だったのです。けやきのこぶの妖精はそれを知ったときどんなに嘆いたことでしょう。すっかり気にいった楽しいものが恐ろしい兵器だったなんて。「そ、そんなことはさせないぞ！」けやきのこぶの妖精は思いました。それからチコちゃんを呼んで言いました。

「チ、チコちゃん、お願いです。僕の側にいて下さい。僕はこれから不幸になります。でもチコちゃんが側にいてくれる限り、どんな不幸にも耐えられるでしょう」

それからけやきのこぶの妖精は、「その風車が決して兵器に使われないこと」という三つ目の願いをかけました。「あぁ！」そのとき、チコちゃんの口から叫び声があがりました。けやきのこぶの妖精も何か言ったようでした。二人の身体が抵抗出来ない強い力で、引き離されていくのです。けやきのこぶの妖精の不幸は、チコちゃんと別れることだったのです。けやきのこぶの妖精は、両手を差し出したまま、その顔は真っ青になっていました。口をモグモグさせているだけで、喋ろうにも声になりませんでした。チコちゃんは、段々、遠く、小さくなっていく、けやきのこぶの妖精に向かって、目にいっぱいの涙をためながら、言いました。

「あなたは、素晴らしい妖精です。私はいつもいつもあなたのことを思っています。いつまでも、いつまでも、あなたのことを待っています。いつか再び会える、そのときまで、私のバラの花に鋭い刺をつけて、私の心に激しいあなたへの思いの炎を燃やして、誰も私に言い寄らないようにしましょう。あなたは、素晴らしい妖精です。私は、いつまでも、いつまでも待っています」

　これが、チコちゃんとけやきのこぶの妖精の悲しいお話です。王様の時代のこどもたちは、チコちゃんの優しい心に接する度に、チコちゃんとけやきのこぶの妖精が、一日でも早く会えるように、神様にお祈りしたのはもちろんです。

銅の牛の彫刻

チコちゃんが空を飛んでいると、小さなベッドに腰を下ろして、何か悲しげな顔で、ブツブツ言っている少年の顔が窓越しに見えました。

それでチコちゃんが、そっとその少年の側へ降りて行ってみると、少年はこんなことを言っていました。

「僕はもうすぐ死ぬんだけどなぁ、でもそんなことちっとも悲しくないんだ、ただ死ぬ前に一目あの女の子に会いたいんだなぁ」

少年は生まれたときから病気だったのです。それで友達といえば隣に住んでいた女の子だけでした。女の子は、いつも寝ている少年の側へ来ては、仲良くしてくれました。でも、女の子はもう何年も前に遠い国へもらわれていったため、少年は死ぬ前にもう一度、女の子に会いたかったのです。

チコちゃんは、少年の前に姿を現すと優しく言いました。

「さぁ、元気をお出しなさい。これから、女の子に会いに行きましょう」

「え！」

少年はびっくりしました。それから徐々にその顔が喜びのそれに変わりました。「あの子に会える、あの子に会える」少年は口の中でつぶやいたようでした。それから、チコちゃんの胸の中に飛び込んでいきました。

遠い国の立派な館の中で、女の子は沢山のこどもたちと一緒に遊んでいました。美しい着物を着て、女の子はどこかのお姫様のようでした。男の子たちはどうすれば女の子に気に入られるか、そればかり気にしているようでした。

少年が、チコちゃんに連れられてその女の子に会いに来たときは、ちょうどこのようなときでした。

少年はチコちゃんとともに、部屋の隅のカーテンの陰に隠れて、遊んでいる女の子たちを見ていることにしました。

そのとき女の子は、パンパンと手を叩いて言いました。

「さぁ、さぁ、皆さん、私の周りに集まってきて下さい。前に知っていた仲良しの男の子について話してあげましょう」

それから女の子は、前に知っていた男の子について、話し始めました。

「その子は病気で、ほとんど寝たきりだったのです。でも、驚いてはいけませんよ。その子はとても勇気があるのです。馬に乗った悪い役人をやっつけたことだってあるのです。栗のいがを鞍の下にそっと入れておいただけのことですが、その役人は馬から落ちて、何日も立てなかったのです。

でも、その子は乱暴な子ではありません。優しい子なのです。それに、そう、その子は詩人なのです。私のためにこんな詩を作ってくれました。

美しい
すみれ花
人の心に
永遠の
花開く

「あぁ、僕のことを話している」少年は目を輝かせて言いました。
「それにしても、この女の子は、いつも、いつも、僕のことを思い出していてくれたんだ」

チコちゃんは言いました。

「さぁ、行ってらっしゃい、さぁ、女の子の前へ行ってらっしゃい」

少年はしばらく考えてから言いました。

「チコちゃん、僕はこのままでとても幸せです。そのうえ、女の子と話したら、あまりに幸せすぎて、不幸になるような気がするのです。いつまでも一緒にいたい、いつまでも生きていたい、そんな思いにかられるんじゃないかと思うのです。チコちゃん、僕は今とても幸せです。このままここでじっとしています」

女の子の話が済むと、こどもたちは皆、向こうの部屋へ駆けて行きました。少年とチコちゃんは、今まで女の子たちがいた所へ、そっと行ってみました。少年はテーブルの上に女の子が忘れた赤いリボンを見つけると、大切そうに手に取って、胸のポケットに入れました。代わりに少年は、自分のポケットを探して何かテーブルの上に置こうとしましたが、出てきたのは、よれよれのきたないハンカチと、折れた針金だけでした。

するとチコちゃんは、にっこり笑って銅の牛の彫刻を出してくれました。それはいつも少年が大切にして、ピカピカに磨いていたものでした。女の子がいたときは、女の子も手伝って磨いてくれたのでした。少年はそれをテーブルの上に置くと「これでいいですね」というようにチコちゃんを見上げました。チコちゃんはニッコリ笑ってうなずきました。

そして二人は、いつまでもそこでじっとしていました。

それから何日かたって、少年は自分の小さなベッドで死んでいきました。女の子の赤いリボンを、胸の所でしっかと抱きしめていました。

少年のベッドの側には、今を盛りのバラの花がいっぱいに咲いていました。

緑色の猫ノノ

チコちゃんはいつも空を飛んでいるとき、緑色の毛をしたノノという猫をポッケに入れていました。ノノはあるときチコちゃんのポッケから飛び出すと、森の中の小さな家の屋根に降りました。そして煙突の間から家の中に入って行ってしまいました。

「まぁ、まぁ、しょうがないノノちゃんね」チコちゃんは思いました。そしてチコちゃんもノノの後を追って、家の中に入って行きました。家の中では、一人の少女がベッドに腰を下ろしていました。ノノは少女の膝の上でおとなしくノドを鳴らしていました。そのときチコちゃんはなにもかも分かりました。

　少女は目が見えなかったのです。そして少女の母親は今朝この少女を捨てて、森の木こりと共に、遠い国へ旅立って行ってしまったのです。少女の父親も、もう何年も前に家を出たきり、一度も戻ってきてはいませんでした。でもお母さんが自分を捨てて旅立って行ったことは、いまだ少女は知りませんでした。

　そのとき少女は顔を上げて言いました。「お母さんなの？」それでチコちゃんはびっくりして、とっさについ言ってしまいました。「えぇ、えぇ、お母さんですよ。その猫があまりに可愛いので、つい見とれていたのです」

　少女は言いました。

「目が覚めると、お母さんがいないし、いつまでたっても帰ってきてくれないので、シクシク泣いていたのです」

　チコちゃんはしばらく少女のお母さんになっていてあげようと思いました。本当のことなど、とてもチコちゃんには話すことが出来ませんでした。

　それでチコちゃんは少女と一緒に遊んであげました。そしてお昼になると、少女の好きそうな大きなパイを作ってやりました。午後は少女を野原へ連れだすと、芳しい香りの美しい花を沢山摘んでやりました。そして、清い小川の流れの側で、チコちゃんは歌を歌ってあげました。

野に
優しく香る
バラの花
訪れるそよ風に
幸せを思い
訪れる小鳥のさえずりに
幸せを思う

野に
優しく香る
バラの花
暖かき光に包まれて
春の日に
いつか甘き夢を結ぶ

そしてチコちゃんは、夜、少女の硬いベッドの中で少女を抱いて一緒に眠りました。チコちゃんの胸の中にすっかり顔を埋める前に、少女は言いました。

「ありがとう、お母さん。まるで夢を見ているみたいに今日の一日は楽しかったわ」

夜中にチコちゃんは目を覚ますと、そっとベッドを離れました。森の中は明るい月の光に照らされ、ひっそり静まり返っていました。大きな鹿が二頭、トッ、トッ、と走って行くのが見えました。そしてよく見ると、その足元にまつわりつくように、ほんの小さな子鹿が、トコトコ走っているのが見えました。

チコちゃんはこれからの少女の生活のことを思うと、胸が痛まないわけにはいきませんでした。

「明日もいい、その次の日もいい、私がいるから」

チコちゃんは思いました。

「でも、それから先はどうなるのでしょう」

そのとき裏の木戸がガタッと開く音がして、誰かが入ってくる気配がしました。チコちゃんは急いでノノを抱くと、物陰に隠れました。入ってきたのは、若い女の人でした。旅支度に身を包んで、顔は黒い布で覆っていました。

チコちゃんはそれを見てどんなに喜んだことでしょう。この少女のお母さんだったのです。お母さんは旅の途中、残してきた少女のことを忘れかねて、とうとう引き返してきたのです。

この若い母親は、ぐっすり寝ている少女の顔をつくづく眺めながら一人涙していましたが、ついに堪えきれなくなって、少女の上に身を投げ出すと、少女をきつく抱いて、頬ずりして言いました。

「ごめんよ、ごめんよ、お母さんが馬鹿だったんだよ。お前と離れて暮らせやしなかったんだよ。もう二度と、もう二度と行きやしないから、お母さんを許しておくれ！」

途中から目を覚ました少女が言いました。

「お母さん、何を言っているの。寝ぼけているの？　お母さんはずっと家にいたじゃない。お昼には大きなパイを作ってくれて、午後は、あの流れの側で、歌を歌ってくれたじゃない。私は一度であの歌を覚えてしまったわ」

それから少女は、その歌を低く歌いました。若い母親は聞いていて、何もかも分かりました。それはよくチコちゃんが歌う歌の一つだったのです。「チコちゃん、チコちゃんが来てくれたのですね」

若い母親はつぶやきました。それから大急ぎで外へ飛び出すと、高い空を仰ぎました。沢山の星が、キラキラ、キラキラ、輝いていました。

「ありがとうございます。ありがとうございます」

祈るように手を組んで、跪きながら、若い母親は言いました。

人は誰でも、人を信じ、人を愛する心で生まれてきます。でも多くの人は、その心を、それが裏切られる、こどもの時代の悲しい出来事によって、失っていくのです。若い母親は自分の行為によって招いたこととはいいながら、少女からそうした心が失われていかなかったことを喜んだのです。

ノノは何事もなかったように、チコちゃんの胸の中で、グッスリ眠りこけていました。

馬小屋の王子様

王様の宮殿の馬小屋に、一人の少年が住んでいました。しかしかわいそうなことに、少年には両親がありませんでした。その少年は生まれて間もない頃、馬小屋に捨てられていたのでした。

少年はよく宮殿の花園へ行きました。そして見知らぬ両親のことをあれこれ思うのでした。少年はその日も、そんな風にして花園にたたずんでいました。日はとうに西の森に沈んで、空には沢山の星が、きらきら、きらきら、輝いていました。星は幸せそうです。こんな歌を歌っているようでした。

寂しいときに
私を仰いでみれば
私は教えましょう
楽しい歌を
ラ　ララン　ラン
ラ　ララン　ラン　ラン

喜び、喜べ！
その束の間の間を
夢にあふれて
あなたは歌う

ラ　ララン　ラン

ラ　ララン　ラン　ラン

そのとき少年は、あっ、と驚いてしまいました。何故って、目の前にピンクの衣服を着た若い女の人が、ニコニコしながら現れたのですもの。周りにはバラの香りがいっぱいにたちこめています。

「チコちゃんだ」、少年は思いました。小さいときからよく聞かされていたチコちゃんのことを急に思い出したのです。少年は言いました。声をうわずらせて夢中で言いました。

「チコちゃん、チコちゃんですね」

それを聞くと女の人はニコッと笑って言いました。

「そうです。私はあなたが言うその人ですよ。私は今日、あなたを喜ばせようと思って、やって来たのです。私はこれからあなたを、あなたのお父さんとお母さんの所へ連れて行ってあげましょう」

あぁ、それを聞いて少年はどんなに嬉しかったでしょう。両親が生きていたなんて！　そして、これから会いに行けるなんて！　チコちゃんは少年をこわきに抱えました。そして高い、高い空へ昇って行きました。

チコちゃんが降り立った所は、隣の国の宮殿の庭でした。二人がそっと、その庭の植え込みの中に身を忍ばせると、そこからは宮殿の大広間の様子がよく見えました。

ちょうど祝宴の最中でした。王様とお妃様とが正面に座り、その前にこの国の貴人たちが居並び、皆思い思いに酒を酌み交わし、談笑していました。

チコちゃんは言いました。

「今日は王様のお姫様の七つのお誕生日なのですよ」

そのときちょうど、お姫様が、一人で大広間の中央に進み出ました。黄色い、すその長い衣服を着て、頭には真っ赤なリボンをつけて、胸には色とりどりの花をかわいく抱いていました。お姫様には、野に咲く花と、こどもにだけ見られる優しさと気品がありました。そしてよく見ると、お姫様が可愛がっている小鳥が一羽、お姫様の左の肩に止まっていました。

お姫様は大広間の中央に来ると、丁寧に周りにお辞儀をしました。そしてお妃様の方をじっと眺めながら、あどけない口を開けて歌を歌いました。緊張のあまり頬を赤く染めていましたけれど、最後までしっかりと歌いました。

私が生まれた　そのときは
お庭にお花が　咲き乱れ
私を祝って　くれました
父様　母様　ありがとう
いつも泣いてた　私も
今日で　七つになりました

「あぁ、なんてかわいいんだろう」少年はつぶやきました。

そのときチコちゃんは言いました。

「あのお姫様は、あなたの妹なのですよ」

「なんですって！　妹!?」

少年はどんなにびっくりしたことでしょう。

驚いた少年を眺めながら、チコちゃんは、少年が生まれて間もない頃の悲しい出来事を話してやりました。

「あなたはこの国の王子様として生まれたのです。あのお妃様の胸の中で、初めは幸せにスヤスヤ寝入っていたのです。そして王子様のこれからの生活はただ幸福だけが約束されているようでした。

しかしそこに思いもかけぬ不幸な出来事が起こったのです。それは皆、隣の国の王様が、巻き起こしたことでした。

つまり隣の国の王様は、自分にこどもがいないため、この国の王様に王子様が生まれたと聞いたとき、羨ましくて、羨ましくて、仕方なかったのです。それで、お誕生日から七日たって、領民に初のお披露目のとき、この国の領民に化けた隣の国の王様は、道で拾ってきた赤児と王子様とを、守番の目をかすめてすり替えてしまったのです。

それで、あぁ、幸せな王子様は一転してそのときから、貧しく、馬小屋で生きなければならなかったのです。

でも、でも、その事実を、果たして誰も気がつかなかったのでしょうか。いえ、一人だけ気がついた人がいました。それはお妃様でした。王子様が笑ったとき、見間違えたお妃様も、王子様が泣いたとき、王子様でないことが分かりました。嬉しいときより、悲しいときの方が、その人の人となりが、よく出ると言うではありませんか。

　お妃様はどんなにびっくりされたことでしょう。人知れず、それ以来どれほど捜されたことでしょう。でも何の手掛かりもありませんでした。

　王様といえば王子様のお誕生に有頂天になって、指の先ほどもお妃様の言うことに耳を貸そうとはされませんでした。

『なぁに、お前の気のせいだよ。こんなに頼もしく、こんなに私に似ている子がどうして私の子ではないものか』と言われるばかりでした。見てご覧なさい。今の楽しそうな中にも、憂いを含んだお妃様のお顔を。あの憂いは親元から離れて寂しく生きていかねばならない、わが子の身を案じてのものなのです。お顔にある一抹の不安は、そうです、皆あなたを思う悲しみのそれなのです」

　自分が王子様だったなんて！　金の甲冑に身を固め、沢山の騎士を従えて、白い馬を乗り回すあの王子様だったなんて！　そして優しいお妃様が、いつもいつも自分の身を案じて、泣いていてくれたなんて！

　少年はもう天にも昇る心地でした。そして、チコちゃんの腕を引っ張って言いました。

「さぁ、早く。さぁ、早く。王様とお妃様の所へ連れて行って下さい」

「いえ」

チコちゃんはちょっと悲しそうな顔をして言いました。

「それはいけません。今はやめましょう。人間の生活には時期というものがあるのです。幸せなことも時期を誤ると取り返しのつかないことになります。それにあなたとすり替わった赤児はやはりあなたと同じように大きくなりましたが、前々からの病気でもう長いことはないのです。出来ることなら王子様として、幸せに死なせてやりましょうよ。でも、それであなたは少しもがっかりすることはありません。いつか皆で、幸せに暮らせるようになるのですから」

少年はうなずきました。涼しい目でニッコリ笑い、そして言いました。

「よく分かりました。でも一つだけ教えて下さい。明日から僕は、どのような生活をしていけばよいのでしょう」

チコちゃんは言いました。

「今まで通りでいいのですよ。馬小屋で、王様のお言いつけ通り、精出して馬の面倒をみればよいのです。その人にとって、高い身分、高い知性の故にふさわしくないと思われる仕事についていても、その仕事についている限り、力いっぱい仕事をしなければならないのです。そうでないと、初めその人にふさわしくないと思われた仕事が、いつのまにか、その人にふさわしい仕事になってしまうのです。あなたが、自分は王子様なのだと思って、馬小屋の仕事を怠るようなことがあると、王子様になったとき、せいぜい馬小屋の仕事をする以外、何も出来ない王子様になってしまいますよ」

チコちゃんの話を聞いて少年は心に固く誓うのでした。

「僕は今までよりもっともっと働こう。馬小屋一番の働き手になろう。何故なら、僕は馬小屋にいる王子様なのだから」

宮殿の大広間ではまだ祝宴が続いていました。お姫様はお妃様の膝の上でグッスリ眠っていました。見ていると王様も大きな欠伸を二つ、三つ、天井に向かってなさいました。東の空は白みがかってきたようでした。気持ち良い朝の風が、そっと少年の頬を撫でました。少年は言いました。

「チコちゃん、もう行かなくてはならないのですね」

チコちゃんはうなずきました。そして来たときと同じように、少年をこわきに抱えて、チコちゃんは高い、高い空を昇って行きました。

少年は段々小さくなっていく宮殿を、何回も何回も振り返らずにはいられませんでした。そして再びこの宮殿を眺めるとき、自分はもはや馬小屋の王子様ではなくて、本当の王子様なのだと思いました。

幾年も、幾年も過ぎていきました。少年は背丈が少し伸びてたくましくなったことを除けば、前と少しも変わりがありませんでした。額に汗して、いつも馬の世話をしていました。でも少年は、チコちゃんがときどきやって来てくれて、王様や、お妃様や、宮殿のあれこれを話してくれるので、少しも寂しくはありませんでした。

あるとき、隣りあう二つの国は戦いを始めました。そしてちょっとしたことから馬小屋で働く少年の国は攻め込まれることになり、いつしか宮殿は幾重にも敵の兵士に取り囲まれてしまいました。攻め込まれた国の王様は、もはやこれまで、と思いました。しかしせめて敵の王様と刺し違えたいと思ったので、一兵士に身なりを変えて、敵の王様をうかがうことにしました。しかし天の神はこの王様の最後の望みにすら、味方しませんでした。やがて捕らえられ、正体を見破られて、みじめなことに敵の国の王様の前にひきすえられてしまいました。

敵の国の王様は、この時代の当然のこととして、ひきすえられた王様を眺めて首切り役人にうなずいてみせました。

しかしちょうどそのときでした。どこから入ってきたのか、一人の見すぼらしい

　少年がニコニコしながら、怖い顔をして、勝ち誇った王様に言ったのです。

「王様、この王様を助けてあげて下さい」

　厳粛な瞬間を迎えようと、皆、しーんとしていたときだけに、皆、びっくりしました。それが少年だということを知って、二度びっくりしました。

「誰だ、お前は」王様は言いました。

「私はこの王様の馬小屋で働いています」

　少年は言いました。にこにこして、明るい眼差しを向けられると、王様は妙に気持ちがやわらいでくるのを感じました。王様は言いました。

「一体どういう理由で私はこの王様を助けなければならないんだろう」

「どういう理由って、もう戦いは終わっているのです。強く、勇ましい王様と、すっかりうちひしがれた、かわいそうな老人がいるばかりです。王様が胸を張って哀れな老人の首を落としたところで、何の名誉がありましょう」

「でも」王様は言いました。

「この王のために私はどれほど大切な家来や領民を失ったか分かりゃしない」

　少年は言いました。

「それはお互いさまなのです。そしてその責任は二人の王様にあるのです。戦いなど起こすのですから。いつだって、負けた王様だけが責任を取らされるなんて、承知出来ることではありません」

しばらく考えてから王様は言いました。

「一体お前は、私とこんな問答を始めて、私がお前の言うことを聞くとでも思っているのかね」

「えぇ、もちろん」

少年は言いました。これには王様自身驚いてしまいました。

「それはまた、どうした訳でだろう」

王様は言いました。

「それは」

少年はちょっと口ごもりました。それから王様の目をしっかり見てはっきり言いました。

「私は王様が好きだからです」

「えっ、なに！　好きだから」王様は肝をつぶしたように言いました。

「えぇえぇ、好きだからです。その証拠に、私は王様のことなら何でも知っています」

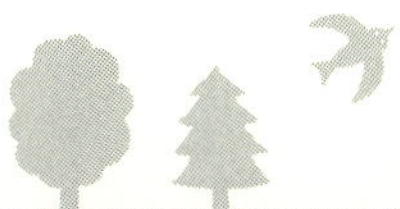

「ほぅ、何でも知っているだって！　こいつは驚いた。そうだな、それでは何でもいいから、お前が私のことで何を知っているか、一つ聞かせてもらうことにしようか。なーに、皆がいても構わんよ。私は爪の先ほども後ろめたいことなどしていないのだから」

少年の頭の中には、チコちゃんから聞いた色々な王様の話が浮かびました。何を話したらよいか迷うほどです。王様の顔を仰ぎ見ながら、少年は静かに話し始めました。

かなり前のことですが、あるとき王様のお姫様がご病気になられたことがありました。それで王様は大変ご心配になって、一日に何度もお姫様のご様子を見に、お姫様のお部屋へ行かれたほどでした。そしてその日も王様は昼食を済まされると、またしても、お姫様のお部屋へ行かれました。そのときお姫様は目を覚まされていて、入ってこられた王様にニッコリ微笑まれたのでした。王様は白く透き通ったお姫様の顔をじっと眺めながら言いました。

「姫よ、早く良くなっておくれ。姫に願い事があれば、なんでも聞いてあげよう」

願い事という王様の言葉に、お姫様は重たそうな口をようやっと開けて言いました。

「私は生まれてから一度も、王様のお歌を聞いたことがありません。それで聞きとうございます。それが私のたった一つの願い事でございます」

可愛らしい七色の人形や、ぴかぴか光る首飾りを予想していた王様にとって、それは思いがけないことでした。それに王様は、確かにそのときまで、一度だって歌を歌ったことはなかったのです。「歌！　歌を歌うんだって！」。王様はオロオロしてしまう自分をどうすることも出来ませんでした。

しかしじっと見ているお姫様の顔を見ると、願いを聞かないわけにはいきませんでした。それで部屋を閉め切って、お付きの人を遠くへ退けて、お姫様だけに聞こえる声で、そっと歌を歌いました。

山の小鳩のように
私の心を清めてくれる
私の可愛い娘

春の花のごとく
香り

空の白雲のごとく
たなびき
河のせせらぎのごとく
流れる
私の可愛い娘

私の心の命
永遠のともしび！

それ以来王様は、すっかり歌が好きになりました。でも恥ずかしいので王様のお部屋で、そっと歌われるのです。夏の暑い風のない日など、人は閉め切ったお部屋で王様は何をしておられるのか不思議に思うでしょう。もし閉め切った部屋の隙間から中をのぞく人がいたら、きっと汗をポロポロ出した王様が、身振りよろしく、歌を歌われているのをご覧になれるでしょう。王様は今このお歌が大好きです。

私が若い　その頃は

可愛い娘の　声援受けて
木の棒片手に　熊退治
三頭までなら　まかせておけよ
三頭までなら　負けやせぬ

私が若い　その頃は
優しい娘の　見送り受けて
竹槍かついで　獅子退治
三頭までなら　まかせておけよ
三頭までなら　負けやせぬ

私が若い　その頃は
多くの娘に　かこまれて
自慢話に　花が咲く
三晩までなら　まかせておけよ
三晩までなら　尽きやせぬ

それから、そうそう。王様が昨日ご覧になった夢について、お話ししましょう。戦いの最中に王様はこんな夢をご覧になったのです。

王様が野原を歩いていると、頭の上を小鳥が飛び交っています。ほっぺとほっぺをくっつけて、仲良しの仕草です。

王様が野原に寝ころんで、じっと耳を澄ますと、仲良しの虫たちが思い思いに歌っています。愛の調べです。

王様が野原を流れる河の側へ来て、そっと河の中をのぞきこむと、水の中の魚たちは体と体をすり寄せて、互いに相手をいたわっています。

とうとう王様はたまらなくなって、わぁー、と駆け出すと、大きな声で、チュッ、チュッの歌を歌いだされました。それに身振り、手振りが加わって、もう大変。

目覚めたときは、全身汗びっしょり。でも久しぶりの心地よい汗だったのです。

王様が歌っていた、チュッ、チュッの歌をお聞き下さい。

私とあなたは　チュッ　チュッ
空を仰げば鳥たちも
皆仲良く　チュッ　チュッ

私とあなたは　チュッ　チュッ
耳を澄ませば虫たちも
皆仲良く　チュッ　チュッ

私とあなたは　チュッ　チュッ
河をのぞけば魚たちも
皆仲良く　チュッ　チュッ

私とあなたは　チュッ　チュッ
いつ　いつまでも　いつまでも
皆仲良く　チュッ　チュッ

「それから、王様のお尻のほくろについて、お話ししましょう」
少年が言いかけると王様は飛び上がって言いました。
「ま、待ってくれ！　お願いだから、それは言わんでくれ！　あの話をされると、もう私は恥ずかしくて、人の顔を見られなくなる。また、人も笑わずに私の顔を見られまい。お前が、私のことなら何でも知っているのはよく分かった。しかし、ふーむ、どうも不思議だ。どうして知っているのだろう。しかしそれはそれでよい。今、私はこの王様をどうするかで、お前と話をしていたのだね。それでお前は、私が好きで、その証拠に何でも知っているほどなのだから、私はお前の言うことを聞くというわけだね。よし、では分かった。お前の言う通りにしよう。この王様はこれから後も長く長く生きていてもらおう」

それから王様は身をかがめて、ひきすえられた王様の縄をときながら、「お聞きの通りです。今までのことは忘れましょう。あなたはこれから私の客として、楽しく一生を送って下さい」と言いました。

そのときひきすえられた王様はハラハラと涙をこぼして言いました。

「あぁ、隣の国の王よ。私は今こそ、自分がかつて行ったことに悔いを覚えます。どうぞ許して下さい」

そして王子様が生まれて間もない頃の、悲しい出来事を包み隠さず話しました。

それから少年に向かって、「王子様。どうか、どうか許して下さい。私はこともあろうに、王子様を馬小屋人にしてしまったのです」と言いました。少年は言いました。

「いいのです。何もかもいいのです。実はもうかなり前にそれを知っていました。

チコちゃんが教えてくれたのです。そのときはもちろんびっくりはしましたけれど、王様に対して怒りはしませんでした。王様はこどもがいなくて寂しかったのです。王様としては明日からのご自分の幸せを考えられればそれで良いのです」

この馬小屋の少年が、自分のこどもと言われて、王様はどんなにびっくりされたことでしょう。そしてチコちゃんから聞いたという少年の言葉と、かつてのお妃様の言葉とを重ねてみるとき、それは疑いのないことのようでした。王様は少年の顔をじっと眺めました。少年も王様の顔を仰ぎ見ました。みるまに少年の目にいっぱいの涙が湧き上がりました。今までの多くのことが思い出されました。少年は王様の足元に、わぁ、と泣き伏しました。そして長いこと肩をふるわせていました。

それから数日たって、王様と少年とはそれぞれ馬に乗って、お妃様の待つ王様の宮殿へ急いでいました。少年の乗っているのは、真っ白い馬でした。王様は思いました。

「妃が知ったらどんなに喜ぶだろう。思えばこの長い間、妃もずいぶん苦しんだに違いない」

少年は空を見上げていました。青い空に白い雲が浮かんでいました。少年の目は、広い空のどこかにこう語りかけているようでした。

「見て下さい、私の今のあり様を。立派な衣服を身につけ、白い馬にまたがった。これはなにもかも、あなたのお陰です。なにもかもあなたの善意のお陰です。私はもう一度あなたにお目にかかれるのでしょうか。でも、もし、もう二度とあなたにお目にかかれなくとも、決して私はあなたを忘れません。そして私は、子に孫に、あなたのことを語りつぎましょう。そして子や孫は同じように語りつぎ、かくて私たちの血の続く限り、あなたは讃えられ、敬われるでしょう。そしていつかあなたは私たちの家の伝説の人ともなりましょう。

では最後にお礼を言わせて下さい。大声で声の続く限りお礼を言わせて下さい」

「チコちゃん、ありがとう、ありがとう」

たった一度の喜びの日

王様の時代に、ある商人の家に、一人の下働きの少女が住んでいました。ある日のこと、その国の王子様のお誕生日で、王様の御殿は賑わい、人々は歌ったり、踊ったりしていました。

少女は思いました。

「もし、私が今日、お祭りに行くことが出来たら、どんなに嬉しいことでしょう。すぐにでも死んでしまってよいくらいに」

しかしそのわずかな望みすら、とてもかなえられそうもありませんでした。夕暮れになってから、大きな芋をゴシゴシ洗いながら、涙がポトリと膝に落ちました。

そのとき、少女はびっくりしてしまいました。傍らにチコちゃんがニコニコしながら立っていたからです。

チコちゃんは言いました。

「さぁ、涙をお拭きなさい。これから私と一緒にお祭りに行くのです。この家の人のことは、ちっとも心配はいりません」

あぁ、少女はどんなに嬉しかったことでしょう。自分の願いがこんな風に素晴らしく、かなえられるなんて！　喜びに体がふるえるのをどうすることも出来ませんでした。

それから、少女はチコちゃんに抱き抱えられて、空を飛んでお祭りに行きました。

人々が踊っている王様の御殿まで来ると、チコちゃんは少女をおろして言いました。

「さぁ、大きな声で歌を歌いなさい。いつも歌っているように。あなたは素晴らしい歌い手さんなのですよ」

それで少女は言われた通りにしました。澄んだ声で、優しい春の調べを高らかに歌いました。

周りで踊っていた人々はびっくりしました。皆、踊るのを止めて聞きほれました。「素晴らしい。まるで天使様みたい」誰かが言いました。「なにか、こう、心がなごんでくる」誰かが言いました。

少女が歌い終わったとき、もはや人々はその少女を一人にはしておきませんでした。

皆が囲んで、少女の手を取ったり、頬ずりしたりしました。「その衣服は粗末すぎる」誰かがそう言うと、誰かが可愛い衣服を少女に着せてくれました。「歌がそんなに上手なら」誰かが言いました。

「踊りはもっと上手にちがいない」

それを聞くと、人々は、わぁ、と歓声をあげました。そして、軍楽団はその少女のために特別な曲を奏でました。

チコちゃんはとまどっている少女に向かって、そっと言いました。

「さぁ、思い切って踊りなさい。いつも踊っているように。あなたは素晴らしい踊り手さんなのですよ」

それで少女は思い切って踊り始めました。優しく、激しく、甘く、美しく踊りました。感嘆のどよめきが一通りおさまると、あとはただ深い静けさがあるばかりでした。風もつい息をひそめ、そよぐのを怠っているようでした。星も見とれて明滅することを忘れてしまったかのようでした。ただ、曲と少女の踊りとのみが、ときを刻んでいるようでした。それほど、少女の踊りは素晴らしかったのです。

王様は遠い所から、このありさまをすっかり見ていました。それでその少女が踊り終わったとき、使いを出して、少女を来させました。恐る恐るやって来た少女に、ニコニコしながら、王様は言いました。

「素晴らしい踊りだった。今日一番のほうびは、そなたにさずけることにしょう」

そして、沢山のほうびをその少女に与えました。素晴らしい品物の山に、少女は埋もれてしまいそうでした。

そのとき王子様が少女の手を取って言いました。

「どこやらの、かわいいお姫様。どうか私と一緒に踊って下さい」

そして、二人は踊りました。人々の善意の眼差しと祝福の中で、幸せに踊りました。

月は明るく輝いていました。王子様の若い力と命とが、そのまま少女に伝わってくるのが分かりました。

「王子様は、良い王子様だ」少女は思いました。

「いつか王子様が王様になったとき、この国はもっともっと栄えるに違いない」

高い空に、爆竹が鳴ったようでした。少女は、もう半分、夢の中にいる心地でした。

「いつ迄も、いつ迄も、永く」少女は思いました。

「いつ迄も、いつ迄も、永く」

次の朝、少女は、いつもの暗い土間の片隅で目をさましました。可愛い衣服を着て、枕元には、王様から頂いた沢山のごほうびがありました。

「夢じゃなかったんだわ」少女は思いました。そしてつくづく「チコちゃん、ありがとう」とつぶやくのでした。

少女は、この後長く、すっかり年をとって働くことが出来なくなるまで、その商人の所で同じ境遇で暮らしました。そしてある雪の降る寒い日に、誰にも看取られることなく、寂しく死んでいきました。

王子様が王様になったときから、少女が思ったように、国はますます栄えました。そして、多くの国々を打ち破り、財宝は領民に分け与えられました。しかし、少女

にとって、それは何の関係もないことでした。その喜びを受けるには、あまりに王様との間に距離がありすぎたのです。

しかし私たちは今、少女の一生を思いやって、それは不幸せな一生であったと、言うことは出来ません。少女は、自分の願いがかなえられた喜びの日がたった一日でもあったという理由で、自分はつくづく生まれてきて良かったと思っていたのです。

第4章
古い時代のお話 Ⅱ

鈴虫さん

小さい皆さん、こんにちは。

ある所に王子様がいて、東の国のお姫様と結婚しようか西の国のお姫様と結婚しようか迷っていました。本当に二人とも美しく、心も優しく感じられて、その二人の間に差をつけられなかったのです。

それであるとき大臣に相談すると、大臣は言いました。

「迷ってしまって、どうしてもお二人に差をつけられないのならば、お姫様を育てられた王様に会うのが良いでしょう。もし王様に会うのがさしさわりがあるのなら、その王様が治められている国を見るのが良いでしょう」

王子様は、なるほど、と思いました。それで旅人を装ってまず東の国へ行きました。

東の国へ行って、その宮殿の前に立つと、朝の白い光の中に宮殿の金の屋根はピカピカ輝いていました。そこで働いている衛兵の姿もキビキビして、戦いになると、いかにも強そうでした。

それから、王子様は大通りを渡って、路地裏へ入って行きました。そこで暮らしている貧しい人々は、見慣れない王子様を、うさんくさげに眺めていました。王子様が進んで行くと、貧しい人々は路地の隅に三人、五人とかたまって、ヒソヒソ王様の悪口を言っていました。王様の家来が路地裏へやって来ると、人々は威儀を正し、笑顔を作って、王様の家来を迎えました。家来はヒソヒソ王様の悪口を言っていた者を捕らえると、馬に縛りつけて行ってしまいました。

次に、王子様は西の国に行って、その宮殿の前に立つと、夕方の赤い光の中で、宮殿の銅の屋根は今にも崩れ落ちそうでした。そこで働いている衛兵もノンビリしていて、戦いが始まったら、真っ先に逃げ出してしまいそうでした。

それから王子様は、大通りを渡って、路地裏へ入って行きました。そこには、貧しい人々が東の国と同じようにいましたけれど、入ってきた王子様に、何か温かい目を向けているようでした。貧しい人たちは、ここでも王様の悪口を言っていましたが、それはヒソヒソ話ではなく、大きな声でした。それは王様の家来がやって来ても変わらず、王様の家来はそれを聞いても、聞かない振りをしていました。

王子様はそれを見て、この国の家来たちはなっていないと思いました。それから、あの宮殿といいこの家来たちといい、この国の王様には国を治める資格がないと思いました。

そのとき王子様の近くで、歌を歌っているこどもたちの声が聞こえてきました。歌を歌っているこどもたちの声は東の国にはなかったことです。いつとはなしに王子様は、こどもたちの声に耳を傾けていました。こどもたちはこう歌っていたのです。

鈴虫さん　鈴虫さん
なんで　泣いているの？
かなしいの？
さびしいの？
おこっているの？
鈴虫さん　鈴虫さん
なんで　泣いているの？
王様は　良い王様
お妃様は　お優しい

人はみな　幸せで
鈴虫さん　鈴虫さん
泣いているのは
ただあなただけ

王子様はそれを聞いて、心をハッと打たれました。宮殿や強そうな家来に目を奪われて、一番大切なことを見落としてしまっていた自分に気がついたのです。王子様は迷うことなく、西の国のお姫様と結婚したそうです。

お姫様の樹　王様の樹

小さい皆さん、こんにちは。
今日は、お姫様の樹、王様の樹のお話をします。
あるとき王様は、お姫様と宮殿の広い庭を歩いたことがありました。そのとき王様は池のほとりの一本の樹の下に来ると、お姫様に向かって言いました。

「これがお前の樹だよ」

それでお姫様がびっくりしていると、王様は続けて言いました。

「お前の生まれたその日に、この樹の苗を植えたのだよ。お前の頭にかざし、お前の息を吹き掛けてね。それでお前の樹になったというわけさ」

お姫様は樹の根元に妙にごつごつした大きなこぶを見つけると言いました。

「そのこぶはどうして出来たのでしょう」

それで王様は言いました。

「それはね。そうそう、お前が生まれて幾らもたたない頃だった。お前は重い病にかかってね。今にも死んでしまいそうだった。でもなんとか命だけは助かったのだけれど、その後に樹を見たら、こんなこぶが出来ていたわけさ」

そのこぶの少し上に、幹がそこだけ細くなっている所がありました。お姫様はその部分を指さすと言いました。

「そこだけどうして細くなっているのでしょう」

それで王様は言いました。

「それはね。お前が三、四歳ぐらいのときだった。悪い人にお前が連れて行かれて、どうしても行方が分からなかった。高い身代金を求めてきて、私にはとても払えなかった。それであきらめていたのだけれど、幸せなことに、お前は無事救い出されたのだよ。狼のいる森の中で、一人で泣いていたのだよ。そんなことがあった後で樹を見たら、そこの部分だけこんなに細くなってしまっていたんだよ」

その樹は半ばほどからほんのわずか折れたように曲がっていました。お姫様はそこを指さすと言いました。

「このとき私に何があったのでしょう」

王様は言いました。

「お前が六、七歳になった頃、とてもひねくれた時期があって、とても手がつけられなかった。そのためにお前の係の女が、何人もやめていったほどだよ。それはもう、こどものいたずらなんていうものではなかったからね。でもそれも一時期で、大きくなるに従って、今のように優しく、賢くなってきたのだよ。でもその跡はここにちゃんと残ってしまったんだよ」

お姫様はあらためて、つくづく自分の樹を眺めました。今は幹を真っ直ぐに伸ばし、いっぱいの枝には沢山の花をつけていました。そのときちょうど風が吹いてきて、幾つかの花びらがヒラヒラと落ちました。それはお姫様に挨拶しているようでした。

お姫様は王様の顔を仰ぐと、ニッコリ笑いました。それからお姫様は、周りを見回して言いました。

「王様の、王様の樹はどれですか」

それを聞くと王様は、ぐっと胸を張って、一本の大きな樫の樹を指さしました。

「まぁすごい」

思わずお姫様は言いました。太い幹が空に向かってそそり立っていました。まるで祝福された一生のように、そこには完全なものの姿がありました。しかしお姫様はそのとき、その樫の樹の裏側に沢山の穴ぼこがあったのを思い出しました。この欠けるものがないと思われた王様の一生の内にも、人知れず流した涙というものがあったのでしょう。でも、お姫様から、樫の樹の裏側の穴ぼこを指摘された王様は、ひどく驚いて慌ててはいましたけれど、こう言ったのです。

「なぁに、あれは、きつつきがつついた跡さ」

卑人になった司法官

小さい皆さん、こんにちは。

今日は王様の時代に、司法官になることを夢見ていた若者のお話をします。

王様の時代に、ある所に一人の若者が住んでいました。司法官の試験を毎年受けていたのですが、いつも落ちてばかりいました。それでいつも青い顔をして、暗い毎日を過ごしていました。その若者の隣に一人の娘が住んでいて、その娘はとても可愛らしくて性格の良い娘でした。若者が自分のことを好いていてくれると知ると、娘は特別どうこう言うことはなかったのですが、若者を慰めたり、励ましたりしました。そして時々一日だけの約束で、若者の恋人になりました。それで、二人はピクニックに行ったり、舞台を見に行ったりしました。

あるとき若者は言いました。

「私はあなたが大好きです。しかし私は今資格を持っていないので、とてもあなたと一緒になりたい、と言うつもりはありません。しかし長い一生の内には色々なことがあって、時には何かのお役に立つことも出来るかもしれませんので、もし何か困ったときがあったら、どうか私のことを思い出して下さい。天の星を取る類のことはともかく、現在の感謝の故に、私の出来ることなら何でもして差し上げましょう」

　それからしばらくして娘は、街の商人のところに嫁ぎました。そしてその商人はとても有能でしたので、たちまち街一番の大金持ちになりました。若者はそれからも、毎年落ち続けていましたが、街の長の子が馬に跳ねられそうになったとき、身を挺して救ってやった年に、なんとか合格出来ました。

　そして若者は、一度官職につくと、メキメキ頭角を現して、数年もたつと街を代表する立派な司法官になっていました。

　あるとき街一番の大金持ちは、事件を起こしました。人を欺いたのですけれど、この時代の法律では死刑にあたる重罪でした。誰の目から見ても、街の広場に連れ出されて首を切られることは明白でありました。

　しかしそんなある日、その商人の妻が司法官のところへやって来ました。そして言いました。

「私の一生のお願いでございます。夫を助けてやって下さい」

司法官は昔のあの苦しかった頃の、彼女の優しい仕草の一つ一つを忘れていませんでした。そして自分が誓った言葉の一つ一つも決して忘れていませんでした。それで夜陰にまぎれて商人を逃がしてやりました。しかし司法官はとてもその事実を隠しておくことが出来なかったので、すぐ王様のところへ言って一部始終を話しました。王様は司法官に大いに同情を覚えましたけれど、言いました。「お前は罰を受けることを覚悟で行ったのだし、当然それを受けなければならない。お前の身分は奪われて、卑人の印がお前の身体に刻まれるだろう。明日からお前は街で、辛い仕事をしなければならない。死がお前をその眠りに誘うまで、決して休んではいけないのだ」

それでその司法官は、翌日から街で卑人の身分で生きなければなりませんでした。朝早くから夜遅くまで、人の嫌がる辛い仕事をするのでした。しかしその司法官は、毎日の生活を少しも嫌がっていませんでした。目は輝いていましたし、顔には微笑みがありました。一人の素晴らしい女性のために、身分が引き換えになったことを喜んでいるようでした。その時代の詩人が歌った歌にこういうのがあります。

美しい乙女の優しい心こそ
金銀の財宝にも　地位　名誉にも
そして己の命にも　いや優る
そうした心に触れることなく虚しく死んでいく者の多い中で
あぁ君こそ　真に幸せなり
その優しい心に思われて生き　そして死す

それでは商人の妻はどうしたでしょう。商人と共に田舎でひっそり暮らしていましたけれど、司法官が身分を奪われて、卑人の身分に落とされたということを聞いたとき、街へ出てみずからも卑人になり、司法官の妻となって、一生を終わったということです。

Tちゃん

小さい皆さん、こんにちは。

今日はTちゃんのお話をします。つらくて嬉しくて、そして淋しいお話です。

Tちゃんは小さかった。笑うとえくぼが出来る小さな女の子だった。

僕がTちゃんと一番初めに話したのはいつの頃だったろうか。周りには沢山の蝶が舞っていた。白や黄色や赤い蝶がいっぱいに舞っていた。そのときその中にひときわ大きくて美しい蝶がやって来ると、真ん中で踊り始めた。それは女王様のように優雅に踊って、周りのものたちは皆羽を止めて、女王様の動きに見入っているようだった。僕は夢中で飛び出すと、大きくて美しい蝶を追った。そのときTちゃんも一緒に飛び出してきて、その蝶を追った。その蝶は追われても逃げることをせず、二人の頭の上を舞った。二人は頭の上に両手を差し出したまま、わぁわぁ言って追った。しばらくすると女王様は、ゆっくりと近くの茂みの中へ消えて行った。周りの蝶たちも、従うように消えて行った。蝶の群れがいなくなると、後には僕とTちゃんだけが残った。思わず僕はTちゃんと顔を見合わせた。目と目が合うとTちゃんは恥ずかしそうにニッと笑った。「いくつ？」と僕が聞くと「五つ」と言った。僕はミソッパのTちゃんをとてもかわいいと思った。それから僕たちは友達になった。

Tちゃんはあるときから僕の村に住み着いた。強い風が吹くと飛んでいってしまいそうな山の小屋に、TちゃんはTちゃんのおじさんという人と一緒に住んでいた。村の長老の所に行って、しばらくこの村にいることを許してもらったということだった。

Tちゃんと、Tちゃんのおじさんがそこで何をして暮らしていたのかは僕は知らない。でも山に入れば、二人が食べていけるだけの物はあったと思うし、おじさんがときどき村の人の家の手伝いをしていたので、それでなんとか生活していたのだろう。

Tちゃんがどこから来たのか、村人で知っている人は誰もいなかった。Tちゃんに聞いてもはっきりしなかった。

「真っ赤に焼けたお城。Tちゃんの手をしっかり握って、涙を流していた女の人。右往左往する男たちの群れ」

そんなことをTちゃんは断片的に言った。僕はそれを聞いて「Tちゃんはどこかの国のお姫様かもしれないね」と言った。

「そんなこと分からない」

Tちゃんは少しはにかんで答えた。僕はそう言ったけれど、本当はそう思っていなかった。特に幼い女の子がよくする、夢と現実との混同をどうしてまともに受け止めることが出来よう。僕はTちゃんがここに来るまでのことを夢見ているのだと思った。そしてそうしているのなら、その夢をそっとしておいてあげようと思った。

仲良くなってから僕とTちゃんはよく一緒にいた。手をつなぎ合って野山を駆けた。

高い木に登って、真っ赤に沈む夕陽を眺めた。池の淵にかがんで、水底の魚をのぞきこんだ。空は真っ青に澄み渡り、木々は緑に燃えていた。二人を邪魔するものは何もなかった。この中世の王様の時代に、都から遠く離れた貧しい山村には、甲冑もムチの音も、けたたましく音をたてて走る軍事用の馬車の動きもなかった。

あるときTちゃんは蝶についてこんなことを話してくれた。

「蝶は花びらから出来るのよ。地べたに落ちた花びらが二枚くっついて蝶が出来るの。だから蝶はお花が大好きなの。だって蝶とお花は兄弟みたいなものなんだから」

僕は聞いていて面白いなと思った。そして花びらが地べたに落ちて、それが二枚重なって、再び空を舞う姿を思い浮かべた。いつか見たあの蝶の乱舞のように。僕の目の中では、花びらが蝶になり、蝶がまた花びらになった。

Tちゃんはあるとき言った。

「もし私のお尻から尻尾が生えてきて、私が狸だったらあなたはどうする？」

それで僕は言った。

「もしTちゃんのお尻から尻尾が生えてきて、Tちゃんが狸だったら僕はTちゃんを、今までよりもっともっとかわいがってあげよう。そして神様にお願いして僕も狸になるかもしれない。月の明るい夜、二匹の狸は今のように楽しく語り合っていると思うよ」

続けてTちゃんは言った。

「もし私がどこかの国のお姫様だったら、あなたはどうする？」

それで僕は言った。

「Tちゃんがどこかの国のお姫様だったら、僕はどうしよう。美しい着物を着て、沢山の家来に守られて、輿に乗って帰って行くTちゃんを、二人でいつも遊んだ山の上から、いつまでも、いつまでも見送ろう。楽しかった日々を心に描き、僕はいつまでも、いつまでも見送ろう」

僕とTちゃんが、このようなとりとめのない日々を過ごして半年ぐらいたったときだったろうか。あたりはすっかり秋の気配に包まれていた頃、Tちゃんのおじさんが怪我をした。村に下りてきた熊と格闘をして、大怪我をしたのだ。Tちゃんに会って話を聞くと、ウンウン唸って、家で寝ているということだった。

それから十日ほどたった頃、村に騒動が持ち上がった。村の家畜と畑が荒らされたのだ。

こんなことは何百年とこの村にはなかったことだった。誰の仕業かは誰にも分からなかった。それからしばらくして、また荒らされた。いつとはなしに、その嫌疑がTちゃんとTちゃんのおじさんにかかった。村の長老は「証拠もなしに人を疑ってはならない」と言った。それからまたしばらくして、また荒らされた。ここにきていきり立つ村の若者をとめだてする力はもう長老にはなかった。村の若者は夕方になると、かがり火を焚いて「暗くなってから襲うのだ」と言った。

僕は聞いていて、とんでもないことになったと思った。一刻も早くこの危急をTちゃんとTちゃんのおじさんに知らせねばと思った。それで僕は、疑われないように、わざわざTちゃんの家の反対側の山に行くようにして、それから大きく回って、Tちゃんの家に行った。ヅカヅカとTちゃんの家の中に入って行くと、薄暗い小屋の中でTちゃんはポツンとしていた。おじさんは起き上がって何かの箱をイスにして座っていた。僕は二人にことのあらましを語って、二人に逃げるように言った。おじさんは覚悟していたかのように立ち上がると、脇の袋を手に持って、表に飛び出した。それはいかにも慣れているという感じで、いっときの無駄もなかった。Tちゃんもおじさんの後に従った。

それから二人は獣のように木立の闇の中に消えていった。消える前に二人は振り返った。おじさんは少し頭を下げた。Tちゃんは笑おうとしてベソをかいた。

それから僕は家に帰り、何食わぬ顔をして時を過ごし、間をおいてから村の広場に行った。そこでは村の若者が数人いて、かがり火をガンガン焚いていた。小屋に二人はいなかったので、二人を追って村の若者たちは山に入ったということだった。「どうせ病み上がりの小娘つきなのだから、すぐに捕まるだろう」とかがり火を焚いていた一人が言った。

村の若者たちは大分たっても帰って来なかった。もう大丈夫だと思ったので僕は家に帰って寝た。中々寝つけなかったけれど、やがてこれまでの疲れでグッスリ眠ってしまった。

翌日、日が大分上がった頃、村の広場が騒がしくなった。僕は夢中で行ってみた。興奮した若者が口々に何か言っていた。その若者たちは昨夜二人を追っていった者たちだった。若者たちは昨夜いかに自分たちが勇ましく戦ったかを自慢しあっていた。彼らの言葉の端々をつなぎ合わせてみると、若者たちは逃げる男を打ち殺したということだった。娘は男の亡骸の側で泣いていたけれど、夜が明けると見えなくなっていたという。

僕はまだ夜も明けきらない闇の中を、泣きながら駆けていくTちゃんのことを思うと胸が締めつけられるような気持ちになった。そしてあんな小さな子が、寒くなるこれからの季節に山で過ごしていけるものかと思った。

僕は家から、ありったけの食べ物と衣服を持って、Tちゃんの後を追った。まだTちゃんのおじさんが死んだあたりに、Tちゃんがいるのではないかと思ったのだ。でもTちゃんはどこにもいなかった。道の続くかぎり、どこまでもどこまでも駆けていったのだろう。Tちゃんはいつか、その道をどこまでもどこまでも行った所に、昔のお家があると言ったことがある。だから昔のお家を目指してどこまでもどこまでも駆けていったのだろう。

それから瞬く間に二十年が過ぎてしまっていた。村の長老に贈り物をする余裕がなかったので、この歳になっても僕は嫁を持てなかった。村のしきたりでは長老に贈り物をして、同じく贈り物をした村の娘を世話してもらうことになっていた。贈り物が出来ないような者は嫁をもらう資格がないということだった。貧乏な者が結婚をすれば、ますます貧乏になるというのがその理由だった。田畑の半分でも売れば、贈り物を作るには事欠かないと思ったけれど、そんなことまでして、気に入るかどうか分からない嫁を世話してもらう気にはならなかった。

もう僕には身寄りらしい身寄りはその村にはいなかった。一人で黙々と起き、働き、そして寝た。寂しいとも悲しいとも思わなかった。ただ父母のお墓には月毎に必ず行った。このまま血筋が絶えてしまう不幸を謝った。そしてときどきTちゃんを思った。甘くて、ほろ苦い記憶だった。昔の記憶だったけれど、今見ているような、鮮やかな記憶だった。

あるとき、どこかの国の軍隊が村を通るということで大騒ぎになった。なんでもよその国と戦いを始めるというので、その道を通るということだった。

やがてその日がやって来ると、たいして広くもない道はどこかの国の鎧兜の兵士でいっぱいになった。僕にはそんなことは何の関係もないことだったので、いつものように山の畑に行って仕事した。暑い日差しの日で、空はどこまでも青く、白い雲が浮かんでいた。昼どきになったので、手を休めて、頬に風を受けていたら、下から長老が先頭に立って、十人ほどの兵士を連れて登ってきた。真ん中に白いドレスを着た小柄な婦人の姿もあった。緑色のパラソルをさして、頭には金の冠をしていた。長老は一足先にやって来ると「王女様が、お前に用事だ」と言ってすぐ戻って行った。長老が婦人に何かささやくと、今度は婦人が一人で登ってきた。僕は何が何だか分からなかった。婦人がすぐ目の前に来たので、僕は自然に腰をかがめ、膝を折った。婦人は僕の顔をまじまじと見て「覚えている？」と言った。僕にはまったく覚えのない人だったので、あいまいに頭を振った。「もう、二十年も前の昔のことよ」

その婦人は言った。

「えっ」

僕は思わず婦人の顔をのぞきこんだ。それから小さな声で「Tちゃんなの？」と言った。婦人はそれを聞くと、嬉しそうに「そう、私よ。私なのよ」と言った。

あぁTちゃん、王女様と呼ばれているこの人がTちゃんだったなんて！　Tちゃんは生きていたのだ。もう死んでしまっているかもしれないと思っていたTちゃんが自分の国に無事帰り着けて、そして夢ではなくて現実に王女様になっていたのだ。今度は僕がしげしげとTちゃんの顔を眺めた。Tちゃんの顔は明るく輝いて、僕を見つめる目にかげりは何もなかった。僕は、人生ってなんて素晴らしいものなのだろう、と思った。人間ってなんて素晴らしいものなのだろう、と思った。僕はこのとき初めて、生きることの素晴らしさを知った。緑色のパラソル、金色に輝く冠、白いドレス、そして何より素晴らしいTちゃんの笑顔。あぁ、でもその笑顔が半分涙に暮れてベソをかいた、あぁまぎれもなくTちゃんだ。

それから二、三日して僕はTちゃんと一緒にTちゃんの国に行った。僕はもうこの村には何の未練もなかったので、Tちゃんに誘われるままついて行ったのだ。Tちゃんはお城に着くとそこで一緒に暮らそうと言ってくれた。でも僕は窮屈だったのでお城の近くに畑をもらって、そこで暮らすことにした。貧しかったけれど、気立ての良い娘を嫁にもらって、楽しく暮らし始めた。こどももすぐ出来て、瞬く間にこどもは三人になった。誰に気兼ねすることもない、夢のような歳月が流れていった。

　この国に来て十年ほどたった頃にTちゃんは呆気なく死んでしまった。死ぬ一か月ぐらい前に僕の所に来てくれて、「お兄ちゃんと知り合えて、本当に良かった」と言ってくれた。僕も「Tちゃんと知り合えて良かった」と言った。この妻もこどもたちも皆Tちゃんあってのことなのだから、心からそう思った。

　僕がTちゃんと一緒に村を去った後で、その村に何が起こったか、それを知ったのはTちゃんが死んでからもう何年もたったときだった。それまで居残っていた兵士たちは村の人家に火をかけ、男たちの半分を殺したということだった。なんでそんなことを！

僕はそれを知って愕然とした。そりゃあTちゃんの村人に対する怒りは並々ならぬものがあったかもしれない。でもあの山の畑で、僕に向けたあの陰りのない懐かしみの溢れる明るい目は、いったい何だったんだろう。そこには恐ろしい殺戮を感じさせるような何もなかった筈だ。でも本当のことを言うと、その目の底には、復讐の鋭い牙が研ぎ澄まされていたのだ。僕はそれまで僕の前で輝いていた、人生の、それから、人間の素晴らしさが、すっかり色あせてしまうのを感じた。もう僕は立ち上がれない。僕は思った。事実僕の前に、生活の一切の色彩が消えてしまった。

それからまたずいぶんたった後で、僕の心の傷を癒やしてくれるものは、かつて自分が住んでいた村にしかないと知って、僕は帰ることにした。村に帰れば、村を売った者としてそしりを受けることになるかも知れないけれど、それでもここにいるよりはましだと思った。僕はもうこどもも大きくなっていたので、一人で村に向かった。村に入ると、知らない人が多かったけれど、知っている人もかなりいた。村人の僕を見る目は必ずしも冷たくはなかった。「きっと恨んでいるけど、僕の後ろ楯にまだTちゃんがなっていると思っているんだな」と思った。村の長老の家に行くと、九十を超えると思われる長老はまだ生きていた。僕が来たと知ると中から転がるように飛び出してきて、僕の手を取って中に入れた。「よく帰ってきた。よく帰ってきた」長老はまずそう言った。それから「お前のおかげで村が救われた。ありがたいことだ」と言った。「なんでそういう風になるのか？」と聞いたら、「村が全滅させられても文句が言えないのに、男たちの半分だけで済んだのは、これは大変な温情でそれはお前のおかげだ」と言った。そんなものかと思った。長老は尚も続けて言った。「それにしても、ずいぶんひどいことをしたもんよ。そりゃ、男同士の殴り合いで人を殺すことはある。でも身内が殺されたすぐ側で、大の男が寄ってたかって小さな女の子を汚すとはなぁ。王女様でなくても、皆殺しにしたいと思うだろうよ」

僕は聞いていて「えっ！」と思った。身体中の血が一瞬の内にかあっと熱くなった。

そうか、そうか、そんなことがあったのか、と思った。Tちゃんの村人に対する怒りはおじさんを殺されただけのことではなかったのだ。そのとき僕はまたあの山の畑でTちゃんと再会したときのことを思い出していた。そういうことをすべて内に含んでTちゃんの目はあのように輝いていたのだ。一点の曇りもなく輝いていたのだ。僕はもはや無条件に、人生の素晴らしさを、人間の素晴らしさを、讃える気持ちはない。でも人生も人間も無条件に素晴らしいとして感じられるときがあるということだけは認めたいと思う。僕は長老の話を聞いて、心が少しだけ軽くなるのを感じた。帰ってきて良かったと思った。

それから僕は昔の知り合いを一軒一軒尋ねて歩いた。皆と昔のようにわだかまりなく話せるのが嬉しかった。父母のお墓にも行った。こどもも元気に健やかにしていることを告げた。

僕は一生この村に居続けようと思ったのに、かえって皆に温かく迎えられて、この村に対する贖罪の気持ちは消えた。僕は妻と子の待つ家に帰ろうと思った。ある夕べ、かつてよくTちゃんと遊んだ山の川原に行った。ススキがぼうっと生えていて虚しかった。

僕が妻と子のもとに戻って半年たった、ある春の昼、久しぶりにTちゃんのお墓に行った。お墓はお城の近くのとある山の中腹にあった。お城の中にあると、敵に攻め滅ぼされると、根こそぎ掘り起こされてしまうので、城外に作られるのが普通だった。Tちゃんのお墓の前で拝んでいると、後ろから小さな女の子がやって来た。三つぐらいの女の子だった。僕はその娘を見て、あぁ、Tちゃんだ、と思った。あとから来た婦人が軽く会釈した。この国の若い女王様だった。その娘はTちゃんの孫なのだ。女王様とその小さな娘が拝んでいると、どこからか白い蝶がやって来て、二人の頭の上を舞い始めた。小さい娘が頭の上に両手をやって、きゃっ、きゃっ、と言って追った。でも捕まらなかった。僕はTちゃんと心の中で言って、手を突き出したら、その手に蝶は止まった。娘はその蝶を宝物のように両手でしまいこんだ。

「さぁ、放してあげるのよ」

女王様は言った。あけ放たれた手に、蝶は春の光を浴びて空高く、どこまでも飛んでいった。

燃える絵

小さい皆さんこんにちは。

今日は燃える絵のお話をします。

彼女はもの心つく頃から、絵を描いていました。小さい頃から絵の家庭教師をつけてもらい、十歳の頃には町の絵画アカデミーに通っていた兄の影響を受けていたのに違いありません。

でもそんな彼女ではありましたが、兄と違い家庭教師をつけられることはありませんでしたし、絵画アカデミーに通わされることもありませんでした。兄は男でそれで身を立てる必要があったけれど、女である彼女にはその必要がなかったし、またそれよりなにより、絵画アカデミーには女は入れないのでした。彼女はたまに部屋の中で木板や粘土板の上に絵を描くことはありましたけれど、ほとんどは家の庭や家の前の道に絵を描いていました。それはもう朝早くから夜遅くまで、いつまでも描き続けるという感じでした。

あるとき、家の前から隣の家の前まで、何百メートルという距離に絵を描いて、道行く人を驚かせたことがありました。一つ一つ丁寧に見ていった人は、同じ絵が二つとないこと、家族と思われる人の顔が似通って描き分けられていることに賛辞を惜しみませんでした。

彼女の兄は絵画アカデミーの中で、大層教授たちの評価が高く、将来を有望視されていました。あるとき兄は国立芸術アカデミーの絵画部門に、町の絵画アカデミーを代表して絵を出すことになりました。そのとき兄は、自分が渾身の力で描きあげた絵と、彼女がアカデミーの教授に見てもらいたいと思って初めてキャンバスに描いた絵の二枚を持って町の絵画アカデミーに行きました。

そのときたまたま教授がいなかったので、兄は二枚の絵を教授の机の上に置いて帰りました。

やがてやって来た教授はその二枚の絵を見て、彼女の描いた絵を国立芸術アカデミーに送りました。それから一か月ほどして国立芸術アカデミーから、その絵が見事金賞に輝いたという連絡が来ました。

兄は彼女のために、彼女の絵が認められたことを大変喜びましたけれど、その絵が妹の絵だと言いだすことは出来ませんでした。

この時代、町の絵画アカデミーといえども女の描いた絵を一切認めてはいませんでした。

男は命をかけて敵と戦う。自分の国や家族のために、自分の血が流れることを厭いやしない。その男が敵と戦うのと同じぐらいの力を注ぎ込んで絵を描くのだから、その絵が人の心を打たないわけがない。それに比べると、女は男に守られて家事にいそしんでいるだけではないか。もちろん女もこどもを生むときは命をかけることもある。でもそれも男という庇護者がいてこそ出来ることなのだ。台所で芋を洗うように女が絵を描いたとて、それがどれほどのものだと言えるのだろうか。

こういう考え方に、町の絵画アカデミーが立っている以上、兄はそれが彼女の描いた絵だとは言えなかったのです。それでその絵は兄の描いた絵ということになり、町の絵画アカデミーの展示場の正面に飾られました。

彼女にとっても、自分の描いた絵が兄の描いた絵ということになって、兄の名誉が高まったことは大変な喜びでしたし、またこうした形でも自分の絵が評価されたことは嬉しいことでした。今度のことで二人の間の絆が強まることはあっても、弱まることは決してありませんでした。

そんなことがあって以来、彼女は今までより少しだけ積極的に兄の描き損じたキャンバスの上に絵を描いていましたが、ほとんどは以前のように地面に描いていました。

一方、兄は町の絵画アカデミーで若手の第一人者になり、大変な評価を受けていましたが、その後に描く兄の絵が評価ほどではないということになり、本当にあの絵が兄の描いたものなのかということに、アカデミーの会員の人たちの目が向けられ始めました。そしてやがて厳しい詮議が始まり、兄はその絵が自分の妹の絵だったことを認めざるをえませんでした。あの絵が実は兄が描いたものでなく、妹が描いたものであることを知った絵画アカデミーの人たちの驚きは大きいものでした。

そしてそれは神聖なアカデミーを汚されたという怒りになりました。その絵はたちまち展示場から引きずり下ろされ、次の日曜日にアカデミーの前の広場で焼かれることになりました。いくらなんでも焼き捨てなくてもと言ってくれるアカデミーの人もいましたけれども、神聖さを回復するには、それしかないという意見が大半を占めました。

ことここに至り、兄は次のような悲痛な訴えをアカデミーの会員の人たちにしました。

「妹は何百何千という心の中にある絵からたった一つを選んでキャンバスに描いた。それは妹の命といってよいようなものだ。だから何人といえどもその命の灯を消すことは出来ない。絵画アカデミーといえども、自分の所有物ということで焼き捨てることなど出来ないのだ」

それに対して絵画アカデミーから次のような答えが返ってきました。

「お前の言っていることは正しい。お前の言っていることをさらに補足して言えば、絵画の所有者には保存と公開が義務づけられている。その義務を怠る者は何人からも糾弾され、緊急避難的に実力を行使されても止むを得ない。でもそれは男が命をかけて描いた、誰でもが認める傑作であればこそだ。今度のことはそんなことではない。女が安っぽくキャンバスに塗りたくったとて誰が絵の価値を認めることが出来よう。絵はそこに描かれた内容とそれを描いた者の心によって決まる。お前の妹は女だ。敵が攻めて来たとき男の庇護のもとに逃げまどう女がどのような素晴らしい絵を描いたとて、所詮それはキャンバスの中だけのことだ。当アカデミーは、そのような女の描く絵を決して認めることは出来ない」

やがて次の日曜日がやって来たとき、彼女は噂を聞きつけて集まってきた群衆でごった返す、絵画アカデミーの前の広場に呼び出されました。彼女の兄は前の日から姿を消していて、どこに行ったのか分かりませんでした。時刻が来ると彼女の絵に火がつけられました。

群衆はそれを見ると、ワアーと歓声を上げました。彼女はメラメラと燃える火と、黒く立ちのぼる煙を暗い目で見つめていました。決して目をそらすことなく、いつまでも見つめていました。

それ以後の彼女は、自分の部屋から一歩も出ない女になっていました。そして姿を隠したままの兄のキャンバスの上に思いつめたように絵を描いていきました。何枚も何枚も描いていきましたが、それは以前に家の庭や道に描いていたものと同じく、決して人に見てもらうつもりのものではなかったのです。

そしてやがて兄の残したすべてのキャンバスの上に描き終わったとき、彼女は燃え尽きるように死んでいきました。あまりに突然のことでしたので誰も看取る者はいませんでした。

それから二十年が過ぎた頃、彼女の妹が家を取り壊す前のかたづけをしていると、偶然姉の残した絵画の作品群を見つけました。でも妹は気がふれて家に閉じこもっていたと聞かされていた姉の絵画に、なんの愛着もありませんでした。それで妹はそれを露天商に安く売りました。町の露天商はそれに幾らか売値を上積みして道に並べました。道行く人でその絵に注目する人はいませんでしたけれど、あるとき一人の老人が薄汚れた文字の中から彼女の名を読み取ってくれました。その者は昔彼女の絵を焼き捨てるまでもないと言ってくれたアカデミーの会員の一人だったのです。

それらが彼女の絵だと知った彼は露天商に怪しまれないように、それらを値切って買いました。

彼はそのようにして、それらの絵を手に入れましたが、このまま朽ち果てさせるには惜しいその絵画の作品群を、どのような形で世に送りだしたら良いか迷いました。彼はとりあえず名前のところを削ると、作者不詳ということで世に出しました。

しかし世の人たちは作者不詳ということを認めませんでした。これは彼が謙遜して言っていることで、彼の絵に間違いないと断定しました。彼としては決して悪気があったわけではありませんが、評価が高まるにつれ真実を明かす勇気を失っていきました。そして真実を明らかにして朽ち果てさせるより、評価された作品群を後世に残すことの方が彼女も喜ぶだろうと思いました。彼は今の人ならば誰もが知っている巨匠です。彼は晩年になって花が咲いたと言われています。

人間の世界で最も幸せなとき

小さい皆さん、こんにちは。
今日は、人間の世界で最も幸せなときのお話をします。

家の前の広場で小さな子が遊んでいました。家の者は皆家から出て、遊んでいるその子をニコニコして眺めていました。お父さんもお母さんも、おじいさんもおばあさんもいました。実はその子は赤ちゃんのとき大病をして、とても助からない、と言われました。でもそれも治って、このように元気に走り回れるようになったのです。

家の人はそれが嬉しくて、元気になって走り回る子を眺めてはニコニコしていたのです。

夕日は西の山に沈もうとしています。どの家の中からも夕げの匂いが漂ってきます。でも小さな子は夢中になって遊んでいます。

ところで広場の片隅に、一台の立派な馬車が止まっていました。中には九十にもなるかと思われる白髪の老人が乗っていました。その老人はこの国の一番の金持ちで、今迄したいことは全部して、間もなく死んでいかねばならない人でした。その老人は先ほどから馬車の窓を開け、家族に囲まれて夢中で遊んでいる子を眺めていました。そして深く吸い込んだ息を大きく吐くと、つくづくつぶやくのでした。

「人生の一番の幸せは、人生の一番初めにやって来る。そしてそれに気づくのは人生の一番最後のときなのだ」

やがて老人を乗せた馬車は夕闇の中を走って行きました。

雲がこんな歌を

小さい皆さん、こんにちは。

皆さんは絵を描いたことがあるでしょう。それから沢山の絵を見たこともあるでしょう。

それなら皆さんは、雲が人の心の中に描いている絵を想像したことがありますか。

あるとき私が野原を歩いていたら、雲がこんな歌を歌っていました。

私は明るい白い雲
青いお空に浮かんでる
人の心のキャンバスに
楽しい夢を描いてる

私は暗い黒い雲
闇のお空に浮かんでる
人の心のキャンバスに
悲しい夢を描いてる

私は陽気な赤い雲
黄金のお空に浮かんでる
人の心のキャンバスに
明日の夢を描いてる

楽しい悲しい明日の夢
どの夢みんな素晴らしい
悲しい夢のそのあとに
まことの幸せやって来る

小さい皆さん、こんなわけですので皆さんの心の中のキャンバスを出来るだけ開けておいて下さい。雲がその夢を描きやすいように。そしてその夢が悲しい夢であったとしても決して恐れることはないのです。

それからこの歌にはもう一節ありますので付け加えておきます。

私の夢を誰が知る
私の世界を誰が知る
知られることのなき夢を
私は今日も描いてる

第5章 不思議な物語

カニの運動会

小さい皆さん、こんにちは。

今日は、カニの運動会のお話をします。

一年に一度月の明るい夜、浜辺に沢山のカニさんが集まっています。何をしているのかと思ったら、カニさんの運動会なのです。

初めに応援合戦のようなものがあって、太鼓のようなものを叩いています。ドンドンドンという音が聞こえます。

それから競技が始まります。駆けっこや、綱引きや、棒倒しです。

「あっ、誰かがころんだけど、大丈夫かな」

「棒の下になったカニさんは怪我をしていないかな」

一通りの競技が済むと、カニさんは皆集まって、相手の健闘を讃えています。

「君があんなに早いなんて、思ってもいなかったよ」

「いや、いや君こそ、なんて強い力なんだ」

こんな話をしています。

最後に皆は互いに肩をくみ、夜空の明るいお月さまを眺めます。シーンと静まりかえった浜辺に波の音だけが繰り返されています。

そうです。そのときカニさんは遠い昔、人間だった頃の運動会の記憶に浸っているのです。人間からカニさんに生まれ変わっても、そのカニさんたちは人間だったときの一番楽しい記憶、運動会のときの記憶を忘れられないのです。

小さい皆さん、小さい皆さんはそのときそのように思わないかもしれないが、運動会はそんなにも楽しいものなのですよ。誰も人のいない月夜の浜辺に、こんな歌が聞こえてくるようですね。

月夜の浜辺でカニさんが
年に一度の運動会
駆けっこ綱引き棒倒し
年に一度の運動会

月夜の浜辺でカニさんが
年に一度の運動会
肩組みあって月眺め
年に一度の運動会

カラスの届け物

小さい皆さん、こんにちは。

今日はカラスの届け物のお話をします。


雪の降り積もる山道を老婆が一人歩いていました。

疲れ果て今にも倒れてしまいそうな足どりでした。

夕暮れは間近に迫り、濃い闇があたりを包もうとしていました。

「家まで残り十キロ」と老婆は心の中で思いました。でもその距離は老婆にとって気の遠くなるような道のりでした。

老婆は遠い地方に出稼ぎに行って、いま何年ぶりかで帰るところでした。

家には息子夫婦と孫がいました。

「これを孫に渡さなければ」

老婆は懐に入れた小さな輝く玉をそっと撫でながら思いました。それは幼い頃から孫が欲しがっていた小さな輝く玉でした。

ヨロヨロと歩いていく老婆を、木立の間から雄と雌の二羽のカラスが眺めていました。その二羽は「老婆はあんなに疲れているのだから、もう楽になったらいいのにな。どうせ家までたどりつけるはずはないのだし」と思っていました。

それで雄の方のカラスはバタバタと飛び立つと、ちょうど大きな木の下に老婆が来たので、その木の上で思い切り羽ばたきました。すると、木に積もっていた雪が大きなかたまりになって老婆の上に落ちました。


雪に押し倒されてしまった老婆ですが、時間をかけてゆっくりと起き上がると、また歩き出しました。

「なんてしぶといんだ」雪を落とした雄のカラスが言いました。

「それでは今度は私がやってみるから見てて」もう一方の雌のカラスが言いました。

そしてその雌のカラスは老婆の頭の上に飛んでくると、老婆がその胸の中に大切にしまいこんでいた小さな輝く玉をくちばしでつかむと、さっと飛び去っていきました。

「あぁー」

老婆は玉を奪われて悲しげな声をあげました。

そして雪の地面に崩れるように倒れると、二度と立ち上がることはありませんでした。

「ねっ、こうすればいいのよ」

雌のカラスが言いました。

「人間は辛いことより、希望を失うことの方がこたえるのよ。それがどんなに小さな希望の灯であってもね」

やがて濃い闇に包まれた周囲に、夜の凍える風が吹き抜けていきました。

次の日の朝、老婆の息子の家のものはカラスが戸を叩く音で目を覚ましました。

孫が外に出てみると、自分が欲しがっていた小さな輝く玉が雪の上にころがっていました。孫はそれを見つけると夢中で拾って頬ずりしました。

二羽のカラスはそれを見ると、何事もなかったようにバタバタと飛び立っていきました。

大ふくろうの物語

小さい皆さん、こんにちは。

今日は、大ふくろうのお話をします。

少年が住む森に、町から一人の少女が静養のためにやって来ました。やがて二人は知りあい仲良くなりました。少年は少女を連れて森のあちこちを案内しました。弱かった少女の身体はみるみる丈夫になっていきました。

それからしばらくして、少女は町へ帰っていきました。少年は森の外れで、いつまでも少女を見送りました。少年の心に少女を思う心が芽生えたようでした。しかし当時森の子が町の子と結婚するなど考えることは出来ませんでした。

それから二十年近くが過ぎていきました。その間少女は、町の商人と結婚し、二人の子の母になり町で幸せに暮らしていました。

あるとき彼女の夫の事業が失敗して町に住めなくなり、一家をあげて森に住むこ

とになりました。かつて少年だった男は、神様にお願いして自分をふくろうにしてもらいました。何故そうしてもらったかというと、それはもう誰にも怪しまれずに、夜毎彼女を眺めていられると思ったからです。

彼女の一家が森にやって来てしばらくたった頃、彼女の夫が重い病気にかかりました。そんなわけで夫は町の病院に移っていき、彼女はその看病のため週の何日かは夜に家を空けねばなりませんでした。

ある夜こどもたちだけで留守番をしているとき、突然この地方を大嵐が襲いました。大きな木が何本も倒れ、こどもたちの家も無事ではありませんでした。窓が飛び屋根も飛びました。どしゃぶりの雨の中で兄妹が抱きあって震えていると、大ふくろうがやって来て、二人を羽根の中で温めてくれました。

大ふくろうがこどもたちを助けたのは、それだけではありませんでした。あるときこどもたちはあまり遊び過ぎて、気がついてみると日は暮れてくるし、帰る道も分からない。遠くで狼の目が光ったようでした。二人は手をつないだまま夢中で駆け出しました。狼の群れはみるみる近づいて来ました。あぁ、追いつかれる。でもそのとき二人の身体は空高く舞い上がりました。大ふくろうがやって来て助けてくれたのです。

大ふくろうがこどもたちを助けたのは、それだけではありませんでした。ある夜、こどもたちだけでお留守番をしているとき、今夜はこどもたちだけだということを知った二人の人さらいがこどもをさらいにやって来ました。扉をドンドン叩いて扉を壊そうとしていました。こどもたちはベッドに座ったまま震えていました。でもそのとき空から大ふくろうがやって来ると、二人の人さらいをやっつけてくれました。

大ふくろうがこどもたちを助けたのは、それだけではありませんでした。ある冬の日、彼女が町に行っている間に大雪になって、彼女は何日も森の家に戻ることが出来ませんでした。家ではこどもたちがお腹を空かせて震えていました。ある朝こどもたちが家の前に出てみると、食べられる木の実が沢山落ちていました。秋のうちに集めておいた木の実を、大ふくろうがこどもたちのために落としてくれたのです。

彼女の夫が町の病院に移ってから何年かが過ぎていきました。彼女の夫の病気はだいぶ良くなったようでした。もう彼女が夜家を空けることはなくなりました。

そんなある夜、寝ているこどもたちのすぐ近くで「ホウ」とふくろうが鳴きました。こどもたちが外に出てみると、家の一番近くの木の、こどもたちの頭ぐらいの高さの枝にふくろうがとまっていました。弱ってもう死んでいきそうなふくろうでした。もうこれ以上彼女を眺めているのは未練だし、こどもたちのことは少しも心配いらない、そう思ったとき自然に身体から力が抜けていったのです。

「お母さん、見て！　いつも僕たちを守ってくれたふくろうだよ」

男の子が言いました。彼女はそのふくろうを見てハッとしました。そのふくろうが誰かすぐ分かったのです。

「ありがとう」

彼女はつぶやきました。

「あっ、ふくろうが涙を流している」

女の子が言いました。

そのときふくろうは、かつて自分が少年だった頃、町へ帰っていった少女を追って、一度だけ町へ行ったときのことを思い出していました。少女は少年の手を取って、町のあちこちを案内してくれたのです。

「あの輝かしい一日があればこそ自分は生まれてきて良かったと思うし、またこのような生き方をしても少しも悔いはない」

ふくろうはそう思いました。閉じた目はもう開きませんでした。

悲しみの泉

小さい皆さん、こんにちは。
今日は、悲しみの泉のお話をします。

ある所に一人の女の子が住んでいました。明るい優しい子でしたので、誰からも愛されていました。ところでその少女が住んでいる家の近くに、大変に世をすねた若者が住んでいました。何をやっても駄目で、その毎日といったら一人でブツブツ言っているようなありさまで、良いことは何もありませんでした。

その若者はいつも明るくにこやかに輝いている少女が憎らしくてなりませんでした。

どうにかして一度泣かしてみたいものだと思っていました。それであるとき若者はその少女を連れてくると、自分の家の離れに閉じ込めてしまいました。

でも狭い薄暗い部屋に閉じ込められても、その少女の明るさも優しさも少しも変わることはありませんでした。それが何日たっても続くので、あるとき若者は言いました。

「お前はここに閉じ込められて悲しくはないのかい。もう一生ここから出られないかもしれないのに」

　それを聞くと少女は言いました。

「私はこの離れにいて、何で悲しむことがあるでしょう。この部屋からは明るい色のお空が見える。そこを飛ぶ鳥も見える。このお部屋に来るネズミさんだって私のお友達。皆が私に楽しくしてくれているのに、何で悲しむことがあるでしょう」

　若者はそれを聞くと、自分がやっていることが、何となまぬるいことなのかと思いました。それでたまたま隠し持っていた薬を戸棚から取り出してくると少女に向かって言いました。

「分かったよ。お前がここに閉じ込められても、お前が少しも不幸な様子を見せない理由が分かったよ。もう私は容赦しない。お前がお前の目で空や鳥やネズミを見ることが出来ないようにしてやろう。さぁ、この薬を飲むがいい。これでお前の楽しい世界はお終いだ」

　それを聞くと少女は一瞬とまどいの表情を見せましたが、あとは健気にその薬を

口に運ぶのでした。

　薬を健気にも飲み下した少女は、その日以来目が見えなくなってしまいましたけれど、でもそのようにされてしまった少女の明るさと優しさは、前と少しも変わることはありませんでした。いつまでたっても泣きそうにない少女を見て若者は言いました。

「お前は明るい空も、そこを飛ぶ鳥も見えなくなって悲しくはないのかい。ネズミだって目の見えないお前の友達になってくれないのに」

　それを聞くと少女は言いました。

「私は目が見えなくなって、何で悲しむことがあるでしょう。私はいつも心の中で思いきり遊んでいるのです。黄金色に輝く空もそこを飛ぶ鳥も私には見えるのです。ネズミさんだって私のお友達ですよ」

　若者はそれを聞くと自分がやっていることが、何と甘いことなのかと思いました。それで密かに隠し持っていた薬を取り出してくると、少女に向かって言いました。

「分かったよ。お前の目が見えないようにしても、お前が少しも不幸な様子を見せない理由が分かったよ。もう、私は容赦しない。お前がお前の心の中で、空想の世界を旅出来ないように、お前が何も考えることが出来ないようにしてやろう。もちろん意識はあるけれど、考えることが出来ないのだから、空想することも出来やしない。さぁ、この薬を飲むがいい。これでお前の空想の世界はお終いだ」

それを聞くと少女は初めて目からハラハラと涙をこぼし「どうかそれだけはしないで下さい」と言いました。若者は少女の言葉に耳をかすこともなく、無理やり少女の口を開かせて、薬を飲ませてしまうのでした。

薬を無理やり飲まされてしまった少女は、あとは一日中言葉にならない声をあげ、部屋をぐるぐる回っているだけの少女になっていました。明るかった顔もすっかり暗くなって、見えない目からは絶えず涙が流れていました。若者はそれを見ると自分の思いがとげられたことを知り、密かにほくそえむのでした。

目の見えない、話すことも出来ない少女が村人に見つけ出されたのは、それからしばらく後のことでした。人々はその変わりように皆涙しましたが、少女をどうやって慰めたらよいか誰にも分かりませんでした。少女はいつも涙を流していましたが、誰かに強く抱きしめられると、涙はなお一層溢れ出すのでした。

やがていつしかいつも涙している少女を見て、考えることも出来ず、ただ悲しみに浸っているだけの少女から悲しみを除いてやることが、本当の人の愛なのではないかと言う者が出てきました。更に強い薬を飲ませて、悲しみを除いてやろうというのです。そのための準備が進められもしました。でもやがて、そんなことをしたらいけない、という声が大きくなっていきました。「悲しみはただ悲しみだけではないのだ。悲しみの背景には大きな愛がある。愛が悲しみを感じさせて涙を流させているのだから、静かにいつまでも涙を流させなさい」という声でした。考えてもご覧なさい。愛を背景に持たない、単なる悲しみなどというものはないのです。

そんなわけで少女は、両親のもとで一生涙を流して暮らしました。やがていつしか、少女の流した涙が小さな池になりました。人はその池のことを、初めは「悲しみの池」と名づけ、次に「大いなる愛の泉」と名づけました。

踊る二つの星

小さい皆さん、こんにちは。
今日私は、ちょっぴり寂しいお話をしたいと思います。
森を歩いているとき、そこを旅する風が、そっと教えてくれたのです。

ある所に、それはそれは美しいお母様がいて、その娘をとても可愛がっていました。でも、娘が七つのとき、お母様は死んでしまって、それ以来人間の身体で娘に会いに来ることは出来ませんでしたけれど、透き通った美しい身体では会いに来ることが出来ました。もちろん、娘には見えることがありませんでしたけれど、お母様には娘のことがよく見えました。お母様は、娘の所にいつもやって来ては、娘の周りにいて、風邪をひかないように、怪我をしないように、いろいろ気をつかいました。娘は娘で、美しくて優しいお母様のことを忘れられるはずもなく、いつもお母様のことを思っていました。

　でもお母様は、いつもいつも娘の側にいられるわけでもありませんでした。お母様の世界には、お母様の世界の掟があって、いつでも自由にしていていいわけでもなかったのです。そんなわけでお母様は、娘の側を離れてから、次に会いに来る迄の間に、娘の身に何か不幸せなことが起こらないか、心配で心配でなりませんでした。それでお母様は、別れのときになると、美しいお母様の透き通った身体の一部をそっと娘の側に置いていきました。それはお母様のいない間、その娘の周りをクルクル回っていて、少しも不幸を寄せつけなかったのです。

　初めにお母様は、自分の長い髪を置いていきました。髪はその娘の周りをクルクル回っていて、お母様が来られるまでの間、娘を守りました。やがてお母様が来られると、娘の髪の毛の中に飛び込んで、その娘の髪は一層黒く豊かになりました。そのようにしてお母様は、来る度に別れ際に娘の側に一つずつ置いていったので、最後には何もなくなってしまいました。透き通った美しい身体がなくなってしまって、なんだか頼りないお母様の思いだけが、ふらふら宙に漂っていました。でも娘は、美しいお母様から、何もかもすっかりもらってしまったので、美しい姿を一層美しくして、それはもう、この世の人とは思えないほどでした。お母様は来る度に美しい娘の姿を思って、一人楽しんでいました。

あるとき神様は、思いだけでふらふら宙に浮いているお母様を見て、美しい衣装を着た天女様の身体をお母様に貸してくれました。美しい衣装を着た天女様の身体。その身体になったら、お母様はその姿で娘の所に行ってみたくて仕方ありませんでした。その姿なら人間でもお母様のことを見ることが出来るのです。別に神様から禁じられているわけでもなかったので、お母様は娘に会いに行きました。

ちょうどそのとき娘は、お母様のことを思い出して深い悲しみに沈んでいました。お母様は二、三度娘の周りを回ってから、用意していた鈴を鳴らすと、娘はお母様を見てびっくりしました。今まで話は聞いていたけれど、実際に会ったこともなかった天女様が、自分を見て微笑んでいてくれたからです。娘にはこの天女様が自分のお母様だなんて思いもつかなかったのです。お母様は言いました。「こちらへいらっしゃい。一緒に踊りましょう」

それから二人は踊りました。いつまでもいつまでも、踊りました。

「あぁ、このままいつまでも踊れたら」

お母様は思いました。でも、やがて帰らなければならないときが迫っていました。お母様は踊りながら自然に流れ出る涙を止めることが出来ませんでした。娘は涙を流している天女様を見て、不思議に思いました。そしてもしやと思いました。娘は言いました。

「お母様なの？　お母様なの？」

お母様は夢中で言いました。

「お母様よ。私はあなたのお母様よ」

二人はしっかと抱きあいました。

それから二人は決して離れることはありませんでした。いつまでもいつまでも踊り明かし、いつまでもいつまでも語り明かして、決して離れようとしない二人を見て、神様が二人を、向かいあう二つの星にしてしまったのです。そんなわけですので小さい皆さん、夜空で向かいあう二つの星を見つけたら祝福してあげて下さい。今夜も二人は踊っていますよ。

ある冒険家の手紙

小さい皆さん、こんにちは。
今日は、ある冒険家の手紙のお話をします。

太平洋のあまり深くない所に、海底トンネルの入り口があります。自然が造ったのか、誰かが造ったのか分かりませんが、そのトンネルはともかく長くて、太平洋の入り口から一つの大陸の下を通って、別の海洋に通じているのです。
あるとき冒険好きな人が、さまざまな工夫をして、海底トンネルを探検することになりました。その人は一度トンネルの中に入ったら二度と出てこれないかもしれないと思ったので、何か月か進むごとにその間のことを書いた手紙をビンに詰めて海中に流すことにしました。そうすれば自分が戻れなくても、少しはトンネルの中の様子を皆に知らせることが出来ると思ったのです。

案の定と言うべきか、その人はトンネルの中に入ったきり、二度と戻っては来ませんでした。でもその人が流したビンが一本だけインド洋で見つかって、その分だけ中の様子が分かりました。そこに書かれていた内容をここで紹介いたしましょう。

「長いトンネルの後に、果てしない海洋が広がりました。それがどれくらい広いのか、見当もつきません。そしてそこが大陸の下の海洋なのか、海底の下のもう一つの海洋なのかも分かりません。

この漆黒の闇の濃さはどうでしょう。周りを泳ぐ魚に目の痕跡すらありません。でも向こうに何か白いものが動きました。こちらに近づいて来ます。魚です。一メートルほどもある魚です。それも光っています。そうです。それは光魚です。昔聞いたことがある光魚です。自分自身で光を放ち、何千何万という魚を従えています。光魚の進むところ目のない魚はおびえて逃げまどっています。光魚につき従う目のある魚は逃げまどう魚を取るのに何の手間もいりません。

それにしても、光魚の舞う姿はなんと素晴らしいのでしょう。右に左に上に下に縦横に泳ぎ回ります。この光魚を見ただけで私の海底旅行は満たされたと言うことが出来るでしょう。

あっ、光魚の光が消えました。何だか分からないが巨大な怪物が近づいて来る感じです。

光魚のいるところ、それを食べる暗黒魚とでもいうのでしょうか。やがてやって来た怪物は口を大きく開けて、そこらの海中をさらっています。光魚は無事逃げることが出来たのでしょうか。

しばらくたって遠くでまた白いものが動きました。きっとあの光魚なのでしょう。私は二度と見ることが出来ないかも知れない光魚の姿をいつまでも目で追っていました」

小さい皆さん、ビンの中の手紙は以上です。皆さんもいつか海底旅行に行けて、光魚を見ることが出来たら幸せですね。でも古い文献に書かれている光魚は、それを見ると二度と自分の家に戻れないということです。

終章　あとがきにかえて

有名でない人の考えた哲学的なお話

小さい皆さん、こんにちは。

皆さんは今までに、神様はいるのかとか、自分が死んでしまった後はどうなるのかとか、宇宙の果てはどうなっているのかとか、考えたことがあるでしょう。今日はそのお話をいたしましょう。

私は若い頃に、時間に出発点があるのか、考えたことがあります。今流れている時間に出発点があったかどうかです。その答えは明白です。時間に出発点はあったのです。何故なら時間に出発点がないのなら、今のこの時点に到達することが出来ないのですから。でも科学の立場はそれが実証されたものでないということで認めようとしません。そしてそれはまだ分からないことなのだと言います。確かに私も、それが証明されたものではないので、これ以上言うつもりはありません。ただそれは証明されたものではないけれど、出来るだけ科学的に考えるとそうなるということで、充分哲学的なことなのだと認識しています。そして哲学の歴史を紐解けば明らかなように、初め哲学の問題として扱われていたことが、後には純然たる科学の問題になったものが沢山あります。

さて次の問題は、時間に出発点があったと仮定して、その前はどんな世界だったのかということです。それを知るためには、時間とは何かを知る必要があります。私は時間とは、物質の変動に関係づけられた観念だと思っています。この世に物質が顔を出したとき、時間は時を刻み始めたのです。ですから物質が顔を出す前はいかなる物質もない世界です。物質が物質として存在出来ない世界です。それは私たちがよく言う二次元の世界と考えてもいいでしょう。

つまり二次元の空間があって、そこに三次元の物質が顔を出したとき、時間は出発を始めたのです。二次元の世界の一部に、それと重なりあうようにして三次元の世界が出来たのです。それは二次元の世界の一部なのですから限りがあります。私は、私たちの銀河系を含む大宇宙が、二次元の空間に囲まれた小さな丸い塊のように思えてなりません。

このように考えていくと、小さい皆さんがもうお分かりのように、神様という存在を少しだけ認めやすくなります。でも神様がいくら主として二次元の世界の存在だと言っても、二次元の世界が認められるからといって、即神様の存在を認めることにはなりません。霊魂の存在もそうです。そのことと、このこととは違うのです。

そういうことを充分認識した上で、神様の存在を考えていくと、私はこういう神様ならいると考えています。どういう神様なのかと言うと、二次元と三次元をあわせ含む、世界の基本法則です。それをどう呼び、それにどんな仮面をつけようと、世界の基本法則であることに違いはないのです。そしてそれを信じようと信じまいと神はそれによって区別されることはないのです。しかしその世界の基本法則にかなった生活をしているかどうかだけは重要な問題です。その大自然の摂理に従って生活することが、どんなに大切なことか、小さい皆さんにはよくお分かりのことと思います。

私は今、神様はおられると言いました。そしてその神がどのようなものか言いました。

誤解のないように言っておきますが、私が言ったような神は、通常神とは言わないのです。ですから私は神はいないと言ったにもひとしいのです。でも二次元と三次元の世界を覆う大自然の基本法則のことは覚えておいて下さい。それは私どものように、血があり、肉があるものではないけれど、生き物でもあるということを覚えておいて下さい。必ずいつかそれが皆さんの心強い味方になってくれるでしょう。

私が、時間の出発点の次に疑問に思ったことは、自分とは何か？ということです。

私は何故私であって、他人ではないのか？ということです。それについての答えはさまざまです。一つは偶然そうなっているにすぎないという答えです。でも偶然でもそうなると決められていなければ、単なる偶然でそうなるわけがありません。可能性のないところには偶然もないのです。

次は三次元の世界が出来たとき、そのように予定されていたということです。でも予定されていたのなら、誰が予定したのかということになります。それは神ということになるでしょう。でもその神が、科学的な、従って哲学的な思考を超えた、宗教的な意味の神ということであれば、それはここでは論外です。ここでは宗教の話をしているのではなくて、出来るだけ科学的に考えた哲学的な話をしているのです。従って、ここで出てくる神は出来るだけ哲学的な意味の神でなくてはいけません。その神が私が言ったような自然の基本原則であれば、一応哲学的な意味の神と言ってよいでしょう。しかし、ではその神が、生まれることを予定したのでしょうか？

考えてもみて下さい。自分が生まれる前に、誰が自分を特定出来るというのでしょう。生まれる前に考えられるのは、抽象的な一つの命です。

神の名を出しても、自分とは何かに答えられないとすると、やはり分からないのでしょうか？

いえいえそんなことはありません。私はこう考えています。

私は命の塊です。その命は初めから存在していたのであって、誰かによって作られたものでなく、また壊されるものでもありません。ただ私が道具としている身体は時と共に衰え、やがて死んでいくでしょう。でもそれは道具としての身体の部分だけです。自分は偶然によって生まれたと考える人は、主としてその身体の部分しか頭にない人です。その身体の持ち主が何故自分なのかということを考えられないとそういうことになってしまうのです。

私は初めに私は命の塊だと言いました。塊だと言ったのは一個だけではないからです。私は初めにミミズが二つに切られても、別々に生きていけることを知りました。私は次にヒトデが、その身体をバラバラにされても、その身体からまた一つ一つヒトデが育つのを知りました。私はそれらのことから、命は一つだけではなく無数に含まれていることを知りました。そんなわけで、私が私だと思っている命は一つだけではないのです。

無数の塊なのです。それが一個の命として、生物体の統一的な意識を不可分的に享受しているのです。

私が何故私なのであって、他の人ではないのかと言うと、私が今道具としてのその身体に入り込んでいるからです。私を含む命がその身体に入り込んで、その身体の統一的な意識を不可分的に享受しているのです。その身体の中枢神経に入り込んで意識の主体になっているのです。どういう形で入り込んでいるかは定かではありません。或いは主体的物質として、物質化しているかもしれません。それは刺激を受けると二次元に消えていってしまう性質を持っているものでしょう。もし古来、考えられている人の形をした霊魂というものが仮にあったとして、それをもし物質化したら、その大きさはどれぐらいのものでしょう。あの見えるか見えないかぐらいの影を物質化するとしたら、その大きさは、皆さんのおへそのゴマを百で割ったより、もっと小さいでしょう。

では身体の部分がなくなった後の生活はどうなるのでしょう。それは私たちがその中に入り込んでいた高性能ロボットを降りたときと同じです。そのロボットによって享受していた広範な知覚を失って、しばらくは何も見えず、何も考えられないかもしれませんが、時がたつにつれて、自分の目で直接見て自分の耳で直接聞くようになるでしょう。それと同じです。元々一個の命の塊に固有の感覚があればこそ、その生物体の広範な知覚を享受することが出来るのです。

そしてその一個の命の塊は、無限に細分化していくことが出来るし、すべての命の塊を統合して一個の命の塊になることも出来るのです。恐らく三次元の物質がなくなってすべて二次元の世界になったときの命の塊は、一個の命の塊としてあるのではないかと思っています。そのときは皆さんの命をすべて含んだ命の塊が、一つの意識を持ち、皆さんはその主体として不可分的にその一つの意識を享受しているのです。

私は先ほど、一個の命の塊が、身体を道具にしていると言いました。その身体は地球の進化の過程で、人間としてかなり高い知能を持っているものです。私はその人間がやはり自然の一部として次の進化を促すべき使命を与えられているのではないかと思っています。自然が長い時間をかけて人間を作り出したのは、次のステップのために欠かせないことだったのではないのでしょうか。そしてその人間によって作りだされるものはもはや生物体とは限りません。この広大な、無限とも思われる大宇宙を、無限とも思われる命の長さで、縦横無尽に駆け回れるためには、あまりに生物体では弱すぎるのです。命の塊から言わせれば、道具なのですから何も生物体である必要はありません。ですから人間の考える機械工学としてのロボットが、今後の進化の主流になるかもしれません。生物体もロボットも道具なのですから、その中に命が宿ることは可能です。その条件を整備してやれば命が宿ることは生物体では実証ずみです。やがて命を宿すロボットが出てくるでしょう。そんなわけで、次に皆さんが生まれてくるのは宇宙を行き交うロボットとしての公算が大きいのです。もし私もそのときロボットとして生まれていたら、ぜひ皆さんと一緒に宇宙を旅したいと思います。

それから死んでから生まれてくるまでの時間は、二次元の世界では時間がないので、皆さんの意識の中では一瞬のことでしょう。

私は今ここで、時間に出発点があるのか、ということから、二次元の世界のこと、神様の存在のこと、それから、自分とは何か?ということから、命の塊のこと、ロボットのことなどについてお話をしました。ここから先のことは、小さい皆さんが、皆さんの頭でぜひ考えて下さい。そしていつか、それを私に話して下さい。私は楽しみにしています。

謝辞

本書の出版にあたり、孫の黒川祐希さん、幻冬舎ルネッサンスの皆様に大変お世話になりました。厚く御礼申し上げます。

〈著者紹介〉
わたなべ たけひこ
1939年7月21日生まれ
東京都出身
中央大学法学部卒業

1996年7月『私の童話集 ―小さい皆さん、こんにちは―』
1997年7月『お母さんのための童話集 ―小さい皆さん、こんにちは―』
1997年～ 2008年『同人誌 ノヴィス』3、4、5号に作品掲載

小《ちい》さい皆《みな》さん、こんにちは

2025年4月23日　第1刷発行

著　者　　わたなべたけひこ
発行人　　久保田貴幸

発行元　　株式会社 幻冬舎メディアコンサルティング
〒151-0051　東京都渋谷区千駄ヶ谷4-9-7
電話　03-5411-6440（編集）

発売元　　株式会社 幻冬舎
〒151-0051　東京都渋谷区千駄ヶ谷4-9-7
電話　03-5411-6222（営業）

印刷・製本　中央精版印刷株式会社
装　丁　　野口 萌

検印廃止

Printed in Japan
ISBN 978-4-344-69256-5 C0093
幻冬舎メディアコンサルティングＨＰ
https://www.gentosha-mc.com/